alta mar

AF158021

Misterio

Bruño

El Club del Camaleón

Enrique Páez

Ilustradora
M.ª Luisa Torcida

Taller de lectura
Marisa Fresno y Enrique Páez

© Enrique Páez Mañá.
© Grupo Editorial Bruño, S. L. 1994, 2025
Valentín Beato, 21. 28037 Madrid.
www.brunolibros.es

Dirección del proyecto editorial
Trini Marull

Dirección editorial
Isabel Carril

Edición
Cristina González
Begoña Lozano

Preimpresión
Mar Morales

Diseño
Inventa Comunicación

Primera edición: abril de 1994
Duodécima reimpresión: abril de 2025

Reservados todos los derechos. Quedan rigurosamente
prohibidas, sin el permiso escrito de los titulares
del *copyright,* la reproducción o la transmisión total
o parcial de esta obra por cualquier procedimiento
mecánico o electrónico, incluyendo la reprografía
y el tratamiento informático, y la distribución
de ejemplares mediante alquiler o préstamo públicos.

Pueden utilizarse citas siempre que se mencione
su procedencia.

ISBN: 978-84-216-9672-9
D. legal: M-29921-2009

Printed in Spain

PAPEL DE FIBRA
CERTIFICADA

Enrique Páez

El autor

- Nació en Madrid.
- Licenciado en Literatura Hispánica.
- Trabajó de casi todo: periodista, librero, astrólogo, fotógrafo, profesor, informático, contable y editor.
- Lo que más le gusta es leer, escribir libros, las chicas y pasar calor hasta en verano.
- Ha escrito varias obras, entre las cuales figura *Devuélveme el anillo, pelo cepillo* (Premio Lazarillo 1991 y Lista de Honor de la CCEI 1993), publicada en esta misma colección.
- Actualmente dirige un Taller de Escritura donde enseña técnicas de creación literaria.

Para ti...

Si ves que te tratan como a un extraterrestre;
si te dicen unas veces que aún estás en la infancia
y otras que ya eres mayor; si eres capaz de detectar
injusticias, actitudes falsas y contradicciones en
muchos adultos, no creas que te has vuelto majareta,
no: simplemente, estás en la adolescencia.

Tengo que reconocer que con este libro, a través
de sus personajes, me he reencontrado a mí mismo.
Y aunque hablo de un tiempo en el que se sufre,
se aprende, se odia y se ama con toda su violencia,
debo alzar la voz para que los adultos me escuchen
claro: nunca debimos dejar de ser adolescentes;
nunca debimos dejar de ser radicalmente humanos.

Enrique Páez

*Para mi primera pandilla: Viví Sanjurjo,
Leticia Sainz, Josema Fortes, José Antonio Ruiz,
Danilo Hernández, Marisa y Luis Buzón,
Ana y Rosa García Camarillo, Chris Debelius,
Barsén Valdecantos, María Ángeles González,
Olga Ferrero, Juan Antonio Durán, Pablo Pérez,
Miguel Melcón, Enrique Guerrero,
Mariano de los Ríos, Begoña Lafuente,
Asunción Rebés (faltan muchos,
éramos legión),*

*y para todos esos lectores invencibles,
atrincherados en su adolescencia,
porque nunca habrá otro tiempo
ni más doloroso
ni más luminoso.*

1

Un Club para cuatro

PABLO estaba coloreando una de las últimas fotos cuando sonó el teléfono. Se levantó tan rápido que tropezó con la pata de la mesa y salpicó una gran gota de acuarela líquida sobre el mantel. Alrededor de un núcleo rojísimo se formó una diminuta constelación de cometas y satélites. «Sería bonito si no fuera por la bronca que me van a echar», pensó Pablo.

—¿Quién es...?

—*Hello!* ¿Está Pablo?

—Soy yo. ¿Eres James?

—Sí. Oye, Koldo y Félix nos esperan en el Club a las cinco. ¿Puedes venir?

—Claro. A las cinco.

—Y no te olvides otra vez del *walkie-talkie* –recordó James.

Tras colgar, Pablo se quedó unos instantes paralizado en el sofá, con un pincel carmesí entre los dedos. No pensaba en nada. Simplemente parecía como si los segundos se le escaparan del cuerpo, absorbidos por un agujero transparente. Su padre le decía que aún tenía que hacer ajustes en su reloj de adolescente, y que por eso el tiempo le provocaba extrañas jugarretas. Con trece años, la vida se hace muchas veces cuesta arriba. También había momentos en los que sentía como si una lagartija le subiera de la rodilla al pecho, y tenía que salir a la calle con su perro Sirio a echar una carrera en bici.

Junto con James, los otros dos miembros del Club del Camaleón eran los hermanos Koldo y Félix Barandica Arregui. Eran de Bilbao, y afirmaban con orgullo que sus quince primeros apellidos eran vascos. Koldo estaba en la misma clase que Pablo en el colegio Garcilaso de la Vega. Félix tenía diez años y aún estaba en quinto.

A Pablo le hubiese gustado tener unos apellidos tan sonoros como los de sus amigos. En cambio presumía de tener un remoto antepasado que, según había oído contar a su padre, fue virrey de Nueva Granada, un extenso territorio ecuatorial entre Colombia y Perú. Tumbado en la cama se imaginaba a su tatarabuelo usando un arcabuz por bastón, con una gran corona de oro y plumas sobre la cabeza, un tucán multicolor posado en el hombro y algunos indios semidesnudos ofreciéndole frutas tropicales.

Aún tenía tiempo hasta las cinco, así que fue a buscar en la enciclopedia datos sobre las costumbres de los reptiles. Había prometido a sus amigos conseguir el máximo de información posible sobre la mascota del Club: un camaleón que encontraron por casualidad entre la chatarra del cementerio de automóviles.

Cuando llevaron el camaleón al colegio para examinarlo en la clase de ciencias naturales, fue como una bomba. Pasaron por el aula todos los alumnos del centro: desde preescolar hasta los más grandes. Después decidieron quedárselo en el Club y le construyeron entre los cuatro una jaula apropiada en el interior del autobús que les servía de refugio. Establecieron turnos para alimentarlo. Había que llevarle la mayor cantidad posible de insectos, su plato favorito. Si estaban vivos, mejor. Verle lanzar su larguísima lengua como si fuera un látigo para atrapar una mosca al vuelo era todo un espectáculo.

No pudo encontrar demasiadas noticias sobre la vida de los camaleones en la enciclopedia de su casa. El que habían capturado parecía ser de la especie *Chamaeleo chamaeleon,* procedente del norte de África. De qué modo había llegado hasta España era un misterio que probablemente nunca descubrirían. Pero eso era casi lo de menos. Lo importante era que estaba allí. Y que era de ellos.

En una pequeña mochila metió dos manzanas, los prismáticos, el *walkie-talkie,* la caja de insectos y unas cuantas piezas del mecano.

—¡Clara, me voy con James y Koldo! –gritó desde la puerta.

Clara era su hermana mayor. Tenía diecinueve años, era ecologista y estudiaba Psicología en la universidad. La hermana pequeña, Marina, se acercó a Pablo, y tirándole de la mano le dijo:

—¿Vamos al camaleón?

—No puedo llevarte ahora, Marina. Pero te prometo que mañana iremos a verlo –le dijo revolviéndole el pelo–. Prometido, prometido, o si no, que me convierta en pingüino.

Con la mochila al hombro subió a la bicicleta y bajó la cuesta perseguido por Sirio. Faltaban apenas diez minutos para la reunión. Enfiló hacia el cementerio de coches. Su perro ya se sabía el camino, pero siempre le esperaba para asegurarse. Una luz espléndida iluminaba el campo. «El camaleón estará contento con el calorcito. Habrá que sacarlo un poco a tomar el sol», se decía Pablo.

Llegó hasta el cementerio de metal y guardó la bicicleta en el almacén de la entrada, junto a las de Koldo y Félix. James no había llegado todavía. Dando un rodeo a la montaña de coches, se introdujo en la cabina de un camión, y desde allí alcanzó la puerta del autobús donde esperaban sus amigos. La puerta estaba cerrada por dentro, así que llamó con los cinco golpes rítmicos acordados. Félix pidió la contraseña:

—¿Qué profesiones tiene el camaleón?

—Detective y espía –contestó Pablo.

El interior del Club había sido decorado con carteles y dibujos. En una pequeña despensa había galletas y bebidas, pero casi siempre estaba vacía. Koldo se lo comía todo. En el centro, una tabla redonda apoyada sobre dos cajas de plástico duro hacía las veces de mesa. No quedaba ya ni uno de los antiguos asientos del autobús, pero cuatro sillones, traídos de distintos coches, rodeaban la mesa.

Toda la parte trasera, casi la cuarta parte del Club, era ahora una gran jaula cerrada con malla metálica en donde vivía la mascota. Habían puesto plantas, pasadizos, ruedas y toboganes para disfrute del camaleón. Algunos días les costaba encontrarlo, y pensaban que se había escapado. Parecía como si su mayor entretenimiento fuera jugar a camuflarse dentro de su inmensa casa.

Vigilado de cerca por Sirio, Pablo se acercó a la jaula para alimentar a la mascota. Sacó su caja de insectos y la dejó abierta sobre la tierra de un tiesto. El camaleón le miraba con un ojo telescópico, mientras con el otro seguía las evoluciones de una mosca que volaba cerca del techo.

Cuando llegó James se sentaron los cuatro alrededor de la improvisada mesa. Sirio miraba unas veces a los chicos y otras al camaleón. Cada vez que la mascota cazaba un insecto, el perro daba un resoplido y un brinco hacia atrás. No podía dejar de mostrar su desagrado ante ese bicho raro que cambiaba de color cuando le daba la gana. «¿Quién podía fiarse de él?», parecía pensar.

—Venga, vamos a empezar –dijo Koldo mientras terminaba de comerse una galleta–. Quedamos en que cada uno traería una lista para esta reunión.

—Yo, mi lista me la sé de memoria –dijo Pablo.

—Y yo también, *don't worry* –afirmó James.

Koldo les miró con cara de disgusto. A él le gustaban las cosas siempre muy claritas y por escrito. Según él, sus amigos eran unos vagos, y les costaba mucho coger un bolígrafo y apuntar las ideas. En fin. Cogió otra galleta y continuó:

—Hay que ponerle un nombre al camaleón. Lo tenemos ya desde hace quince días, y todavía a nadie se le ha ocurrido cómo llamarle.

—¿Y por qué no le llamamos Camaleón, sin más? –propuso James.

—Porque es como si al perro de Pablo le llamamos Perro. Y eso no puede ser –contestó Koldo.

—No es lo mismo. Por aquí hay muchos perros, pero solo hay un camaleón –se defendió James.

—Le podemos llamar Robot –dijo Félix.

—O Matamoscas, porque es lo que mejor hace –sugirió Pablo.

—O Anacleto, como el panadero, que tiene también los ojos como pelotas de ping-pong –se reía James.

Hicieron una votación, y salió elegido Anacleto como nombre para la mascota. A partir de ese momento, cada vez que miraban hacia la jaula veían al panadero, y se echaban a reír.

—También tenemos que cambiar la contraseña –siguió Félix.

—¿Qué profesión tiene el camaleón? ¡Panadero! –dijo Pablo.

Les dio un nuevo ataque de risa a los cuatro, y se aprobó la nueva contraseña sin necesidad de votar.

—Yo propongo que cada uno traiga algunos de sus juegos aquí para que podamos jugar todos –dijo James–. Yo me traeré *Los misterios de Pekín.*

—Yo estoy trasladando el mecano a trozos –recordó Pablo.

—Vale. Nosotros traeremos los *Juegos Reunidos* y dos barajas de cartas –dijo Koldo, hablando también por su hermano.

De pronto, Sirio comenzó a ladrar. Había salido del autobús sin que se dieran cuenta, y ahora le veían vigilando un punto ciego, invisible desde el interior.

—Hay alguien ahí fuera espiando. Lo mejor será que salgamos a investigar –dijo Koldo.

—Que salga Pablo, que, como el perro es suyo, si hay problemas le defenderá –sugirió James, que era un poco miedoso.

—Está bien. No me importa. Esperadme aquí. Nos mantendremos en contacto por el *walkie-talkie* –aventuró Pablo.

Cada uno encendió su transmisor –menos Félix, que se había quedado sin pilas–, se armaron con tirachinas y se distribuyeron al acecho por las ventanillas del autobús. Pablo salió, y fue recibido por un lametazo de su perro. Medio agachado, siguió a Sirio, que no paraba de ladrar, hasta un coche rojo ante el que se detuvieron. Pablo notó que algo se movía dentro del automóvil. Alertó a sus amigos a través del *walkie-talkie* del lugar en el que se encontraba, y pidió refuerzos. Al poco tiempo, Koldo, James y Félix se unieron a él. Los cuatro y un perro ya eran un buen ejército.

—¿Quién está ahí? –gritó Koldo apuntando a la sombra con un bocadillo de mortadela.

Sirio seguía ladrando a la puerta, dispuesto al ataque.

—¡No nos hagáis nada, que somos amigas! –salió una voz del interior del vehículo.

Primero asomó la melena rubia de Lourdes. Luego aparecieron otras dos cabezas: eran Maribel y Aurora. Al parecer se habían refugiado allí para defenderse de Sirio. Pablo llamó al perro y le ordenó tumbarse junto a él.

—¿Qué estáis haciendo aquí? ¿Habéis venido a espiar nuestro Club? –preguntó Koldo.

—De eso nada, monada. No nos interesa vuestro Club. Nosotras tenemos el nuestro desde mucho

antes que vosotros, para que te enteres. Y con grupo musical –dijo Lourdes.

—¿Qué queréis entonces?

—Que si le podéis enseñar el camaleón a Maribel, que ella no ha visto ninguno –intervino Aurora.

Los cuatro amigos se miraron entre sí, consultaron, y rápidamente llegaron a un acuerdo.

—¿Qué nos daréis a cambio? –preguntó James.

—Os dejamos escuchar música con nuestro casete.

Los chicos aceptaron la propuesta. Pablo se encargó de bajar a Anacleto del autobús, porque dentro estaba prohibida la entrada a cualquiera que no fuese del Club. Además, el camaleón tomaría un poco el sol, que buena falta le hacía. No es que se fuera a poner moreno, claro está, pero gesticulaba con unas caras muy graciosas y se quedaba muy quieto sobre las piedras. Les recordaba la cara de atontado que ponía Sirio cuando alguien le rascaba detrás de las orejas.

Maribel tenía doce años. Era la nueva cantante del grupo Mandarinas de la China, y sabía solfeo. Cada una tocaba un instrumento, y las tres iban juntas a hacer ballet.

Acabaron jugando todos al escondite entre esqueletos de coches y camiones. Era un sitio estupendo el cementerio de automóviles, con miles de lugares para esconderse. Al final, las chicas tuvieron que prohibir a los del Club del Camaleón usar los *walkie-*

talkies, porque estaban jugando con ventaja, y siempre perdían ellas. Félix se prometió a sí mismo comprar pilas antes de terminar el día, ya que no pudo hacer trampas con el resto de sus amigos.

Antes de que empezara a oscurecer se despidieron de Anacleto, cerraron el Club y volvieron hacia sus casas. Siete bicicletas y un perro dibujaban una línea por la carretera. Parecía una vuelta ciclista, pero sin metas volantes.

2

Las chicas son guerreras

EL día amaneció de mala gana. Un poco gruñón, según Clara. Hay días que salen tontos, y ya desde por la mañana lo van diciendo. Asomado a la ventana, Pablo vio cómo se movían las blandas ramas del sauce. Un remolino de aire bajaba por la calle agitando papeles y hojas secas. Pronto llovería, y Pablo no tendría más remedio que ponerse triste. Regresó a la cama y se escondió bajo la colcha. Entonces Sirio empezó a olisquear y a meter su hocico mojado entre las sábanas, y Pablo tuvo que aceptar que el domingo ya estaba en marcha, por más que él quisiera detenerlo.

Se vistió y bajó a trompicones hasta la cocina. Marina mojaba magdalenas apasionadamente en un gran tazón de leche con cola-cao. Clara estaba retirando la ropa de la cuerda en previsión de lluvias. El viento agitaba las sábanas como si fuesen banderas. Las camisas parecían fantasmas pidiendo auxilio.

—Ayer no me seguiste contando el cuento –dijo Marina al verlo–, así que hoy lo terminas.

—De acuerdo –contestó Pablo–. Esta noche acabaremos la historia del Dragón Inmóvil.

—Y también tenemos que ir al camaleón.

—Pero si va a llover y no podremos ir, Marina.

—Pues te convertirás en pingüino. Tú lo dijiste.

Se había dejado atrapar otra vez en una promesa que seguramente no podría cumplir. Estaba a punto de diluviar, y su hermana le recordaba su compromiso de convertirse en pingüino. Había que buscar una salida airosa.

—No, porque daré tres saltitos hacia atrás con los ojos cerrados y ya no seré pingüino. Es un truco que rompe todos los encantamientos –dijo Pablo con voz de agente secreto.

—¿De verdad? –preguntó Marina muy asombrada–. ¿Y por qué no hace eso el Caballero de la Limpia Mirada con el Dragón?

—Es que aún no lo sabe, tonta. Pero a lo mejor esta noche se lo decimos.

Pablo subió a su cuarto mientras Marina seguía haciendo barcos con pellizcos de magdalena en el tazón. Empezó a ordenar su colección de postales y fotos, y no se dio cuenta de que había comenzado a llover hasta bien entrada la mañana. Cuando ya se acercaba la hora de comer, le pareció ver a sus espaldas una sombra cruzar la habitación, pero al girarse no vio nada. Siguió inclinado sobre la colección, y esta vez sí que notó claramente que una especie de gato con mucho sigilo cruzaba de nuevo el cuarto y se escondía en la habitación de Marina.

—¿Has visto un gato por aquí? –preguntó a su hermana desde el quicio de la puerta.

—No, no. Solo está Ana.

Ana era una ardilla que estaba siempre jugando en el jardín, desde hacía un año más o menos. Sin saber por qué, la ardilla se fue acercando cada vez un poquito más a Marina, hasta que un día empezó a comer en su mano y a subirse por encima de ella sin rastro de miedo. Marina le puso a la ardilla el nombre de Ana, como su profesora del colegio, que tenía los ojos muy grandes y se movía por la clase a pequeñas carreritas. Pablo nunca había oído hablar de ardillas domésticas, pero esta era una.

—Se estaba mojando ahí fuera, así que la tengo dentro para que no se constipe –se justificó Marina, por si acaso.

—Los animales no se constipan, Marina.

—Pues Ana es mi amiga y quiere jugar conmigo. Y dile a Sirio que se vaya, que la está asustando –terminó Marina con un puchero.

De regreso a su cuarto, Pablo se quedó unos momentos mirando por la ventana. En la casa de enfrente, la de Lourdes, se habían reunido las Mandarinas de la China. Vio a Maribel y Aurora, y de vez en cuando aparecía y desaparecía Lourdes. Estaban

ensayando nuevos pasos de ballet y, probablemente, algunas canciones. Maribel era la que cantaba y la encargada de las grabaciones. A Pablo le parecía la más guapa. Lourdes y Aurora hacían coros, bailaban y tocaban la guitarra. Se lo estaban pasando muy bien, desde luego. Lástima que él no estuviera con sus amigos. Aunque a veces se pusieran un poco pesados, siempre era mejor jugar entre varios que uno solo.

Por la tarde, su padre le había prometido revelar fotos. En el cuarto de los inventos, en el sótano, había construido un laboratorio de fotografía de blanco y negro, y hacían experimentos con los líquidos y los papeles. Eso sí que era divertido.

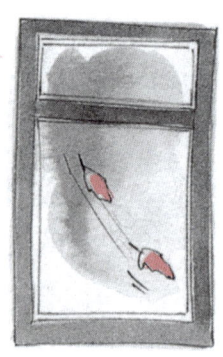

3

Una tarde con fotos

AL otro lado de los cristales seguía lloviendo, y eso era algo que Pablo no podía soportar impasible mucho tiempo. Bajaron al sótano después de comer. En el laboratorio al menos las fuerzas de la naturaleza estaban ausentes. Allí se hacía de día o de noche a golpe de interruptores y bombillas.

Fernando, el padre de Pablo, fue preparando los líquidos de revelar. Entretanto, Pablo ponía a punto la mesa de trabajo, la ampliadora y los negativos que iban a positivar. Era un carrete impresionado la semana anterior en su visita al centro de la ciudad. Señales de tráfico semicaídas, alcantarillas abiertas, asfalto resquebrajado y semáforos torcidos era la base principal de las fotografías. Fernando quería hacer un estudio de la descomposición de la ciudad. Eran fotos extrañas que, una vez secas, se dedicarían a colorear con acuarelas líquidas.

—A propósito, Pablo –decía su padre–, ¿no sabrás quién ha dejado una mancha roja sobre el mantel del comedor?

—Bueno, es que se me cayó sin querer. Estaba pintando fotos. Te lo pensaba decir antes, pero se me olvidó.

—Pues que no se te olvide a partir de ahora poner plásticos antes de empezar. Si no, tendrás que hacerlo aquí, en el sótano. ¿Estamos de acuerdo?

—Sí.

La sesión de revelado siempre era una aventura inexplicable. Pablo nunca se cansaba de ver cómo las fotos nacían del papel emulsionado dentro de la cubeta. Era una magia eterna: «¿Ves este papel, que no tiene nada por aquí y nada por allá? Pues lo sumergimos en este líquido especial y… ¡ahí va: un semáforo guiñando el ojo!». Las líneas surgían poco a poco, marcadas a carboncillo por un lápiz invisible. El resultado era una explosión de sombras y luces que brotaban del papel. Se diría que todo estaba escondido dentro desde un principio, como un dibujo dormido que va desperezándose lentamente. Jugar a darle vueltas con las pinzas, mover las cubetas haciendo pequeñas olas, ir contando los tiempos que permanecía el papel en cada líquido. Y todo ello, con la atmósfera misteriosa que más le gustaba a Pablo: una penumbra de luz roja bañando las paredes, los objetos y hasta el aire. Las manos, los dientes, el humo: todo rojo, con tonalidades del oscuro al claro. Solo de vez en cuando, la luz blanca de la ampliadora, cegadora por momentos, rompía la impresión de estar viviendo en un mundo muy lejano. Las antiguas cuevas de los alquimistas y los hechiceros debían de ser algo así, sin duda.

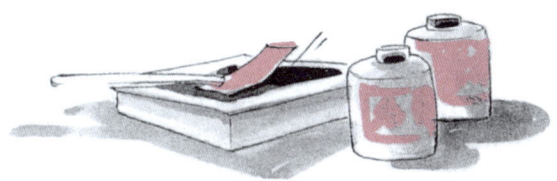

Después de dos horas y media, y tras haber colgado los papeles mojados de un cordel que atravesaba el cuarto, descansaron para merendar. La hilera de fotos escurriendo era un espectáculo que llenaba de orgullo a Pablo. Marina bajó con Clara a ver la exposición improvisada.

—Qué raras son, ¿no? –dijo Clara.

Vistas por primera vez eran como una naturaleza muerta. Recordaban al cementerio de automóviles, pero antes de convertirse en chatarra.

A través de la ventana, Pablo pudo ver aún a las Mandarinas de la China ensayar pasos de baile y canciones en casa de Lourdes. Ya había dejado de llover, y un pegajoso olor a ozono y a tierra mojada flotaba en el ambiente.

—¡Mira lo que he cogido en el jardín!

Marina estaba metiéndole un pequeño cubo azul por las narices a su padre. Cuando Fernando logró separar su cara unos centímetros, vio un hervidero de caracoles de todos los tamaños alfombrando y cubriendo las paredes del recipiente.

—¡Fantástico, Marina, ya tenemos cena! –exclamó apoderándose del cubo.

Marina puso cara de espanto absoluto. Como si acabara de ver a un monstruo feroz dispuesto a devorarla.

—¡Estos son amigos míos! –sentenció al borde de las lágrimas.

—Pues más vale que los dejes otra vez en el jardín, porque a mí me encantan, y tengo un hambre de lobos –dijo Fernando abriendo mucho los ojos.

Sin pensarlo dos veces, Marina salió corriendo en dirección al jardín. El efecto de las palabras de su padre había sido fulminante.

Pablo fue a echar una carrera a Sirio con el monopatín. Siempre le ganaba el perro, pero no había que perder las esperanzas. Subieron a la cumbre de la colina. Desde allí se divisaba toda la ciudad a lo lejos; a los pies del montículo podía verse el cementerio de automóviles multicolor. Ese lugar de observación era su preferido. Subía allí casi todos los días acompañado de Sirio. Le gustaba comerse el bocadillo de la merienda con toda la ciudad bajo sus pies y tirar piedras a lo lejos, hacia un lejano mar desconocido. Un río de coches entraba y salía sin parar por la autopista que iba hacia el centro. Al anochecer parecía una gran arteria que nutría y desangraba al mismo tiempo el corazón eléctrico de la ciudad. Mientras la luz de la metrópoli crecía en un amanecer de neón, la colina donde él vivía, un poco a las afueras, parecía cubrirse con una manta de silencio y oscuridad. No sabía muy bien por qué, pero le producía una sensación acogedora.

Al volver a casa, James le estaba esperando.

—*Hello,* Pablo. He venido a traerte los prismáticos. Te los dejaste ayer en el Club cuando salimos a ver por qué ladraba Sirio.

—Querrás decir cuando salí yo solo, porque vosotros estabais cagados de miedo –corrigió Pablo.

—*Okey,* tampoco te hagas el valiente, que nos llamaste por el *walkie-talkie* para que te rescatáramos de las chicas –dijo James agitando las manos como si pidiera socorro.

—Vamos a dejarlo, ¿vale? Ven al sótano, que te quiero enseñar unas fotos.

Al bajar se encontraron a Fernando enfrascado en la creación de un circuito eléctrico repleto de interruptores, cuerdecitas y pequeñas poleas. Las fotos ya estaban secas.

—¿Qué haces, papá?

—Estoy inventando el despertador-trabajador. Deberíais ayudar, en vez de mirarme como a un marciano –dijo sin levantar la cabeza–. Pásame los alicates amarillos que están en la caja de herramientas, Pablo.

Estuvieron trabajando los tres con un antiguo despertador de cuerda, pero sin campana, al que habían destripado y sujetado una serie de hilos de nailon que tiraban mediante poleas de algunos interruptores. Antes de cenar, Fernando consideró terminada la extraña máquina electromecánica.

—¿Vamos a probar si funciona? –dijo subiendo ya con el invento por las escaleras.

Lo enchufó a una toma de corriente, y a su vez conectó una serie de cables al propio aparato. Dio cuerda al despertador y lo programó para que sonara cinco minutos después. Apagaron todas las luces y se quedaron a oscuras y en silencio esperando el resultado. Marina estaba tan nerviosa que casi se hizo pis encima de Clara, pero Fernando no estaba dispuesto a contar nada de lo que iba a ocurrir. Exactamente cinco minutos después, entre los gritos de todos los de la casa y muchos ladridos de Sirio, las luces se encendieron solas, el casete empezó a sonar por su cuenta, la estufa eléctrica se puso a funcionar y el hornillo de la cocina comenzó a calentar una tetera familiar.

—Ahora podremos ahorrar trabajo por las mañanas para que dé menos pereza levantarse –explicó muy orgulloso Fernando.

—Pues yo creo que eso ya está inventado –dijo James un poco preocupado.

—Hombre, claro –protestó Pablo–. Pero se trata de hacerlo nosotros mismos, no de comprarlo todo en las tiendas.

—La pintura y los cuadros también están inventados, y no por eso los pintores van a dejar de pintar –puntualizó Clara, sin saber muy bien si el ejemplo venía al caso.

4

El Dragón Inmóvil

A la hora de dormir, Marina encontraba mil excusas para retrasar lo inevitable: quedarse sola entre las sábanas. Lo único que le hacía aceptable la idea era que su hermano le prometiera el principio de un cuento. Habían llegado al acuerdo de que Pablo le empezaba a contar una historia. Como Marina siempre se quedaba dormida antes de que la terminara, a cambio ella le contaba la continuación al día siguiente, según lo que había soñado. Normalmente no coincidía con el relato de Pablo, pero no les importaba. Tenía una cierta tendencia a mezclar en sueños personajes de distintos cuentos e incluso de la realidad, y los finales solían ser más bien absurdos. A veces, por la mañana ya no se acordaba del sueño, y otras no le gustaba el final que había sucedido, así que volvía a soñarlo y en paz.

—Venga, Marina, que nos vamos al cine de las sábanas blancas –anunció Pablo.

—Hoy nos toca un cuento de bichos, ¿vale? –dijo Marina arrastrando las zapatillas hacia su cuarto.

Subieron las escaleras mientras Clara y su padre recogían la mesa y se bebían a medias un té con leche. La casa a esas horas quedaba en un silencio casi sobrecogedor, y era por la costumbre de no encender el televisor más que para ver algún programa especial. Les gustaba a todos empaparse de ese silencio denso.

—Si aprendemos a estar juntos en silencio, llegaremos a conocernos mucho mejor, porque eso es lo más difícil –manifestaba Fernando a sus hijos, sin saber muy bien si le comprendían o solo le escuchaban.

Marina ya tenía su pijama puesto, un mono amarillo de franela, y estrujaba una vaca de peluche contra su cuerpo.

—¿No te gustaría más un osito para dormir, como tienen todos los niños? –le preguntaba Pablo para hacerla rabiar.

—Nunca, nunca –respondía muy convencida apretándose a su peluche–. Marina la quiere, la quiere a la vaca.

—Vale, vale –admitía Pablo–. Hoy seguiremos con el cuento del terrible Dragón Inmóvil.

—Muy bien. Yo soy la Princesa Luna, y tú, el Caballero de la Limpia Mirada.

—Y la vaca, el Dragón Inmóvil –dijo Pablo con la certeza de que Marina no aceptaría.

—De eso nada. Esta vaca es en realidad un león bueno que venía de visita, para saludarme más o menos –decía Marina como la cosa más normal del mundo.

Pablo consiguió que Marina recostara la cabeza contra la almohada y le fue relatando las aventuras del malvado Dragón Inmóvil, que obligaba a todos los habitantes del reino a quedarse siempre quietos con solo mirarles, como estatuas de carne. No echaba fuego por la boca, sino rayos paralizadores con los ojos. Tan solo el Caballero de la Limpia Mirada, que jamás había hecho daño a nadie, podía sostener frente a frente su mirada mortal, y libraban ambos encarnizados combates a cualquier hora. La hermosa Princesa Luna, por supuesto, tal y como corresponde a cualquier princesa que se precie, había sido raptada y se encontraba prisionera en las oscuras mazmorras del castillo del Dragón. Nadie sabía si el malvado secuestrador deseaba tomarla por esposa o por merienda. El Dragón tenía a este respecto unas dudas tremendas, como es lógico. Mucho antes de que el Caballero de la Limpia Mirada llegara ante el foso del castillo, rebosante de cocodrilos, Marina estaba profundamente dormida, y por entre las rendijas del sueño saltaban gnomos, hadas, elfos y brujas.

5

Un encuentro con Maribel

EN el colegio Garcilaso de la Vega, el timbre anunciaba el final de las clases media hora más tarde que en el Santa Catalina de Siena, así que cuando quedaban para jugar era siempre Maribel la que iba a buscar a su prima Lourdes a la entrada de la escuela. Aurora, Pablo, Koldo y Félix también iban al Garcilaso de la Vega, como Lourdes, y salían siempre en desbandada, lanzándose las carteras unos a otros. O mejor dicho, casi siempre, porque si Maribel estaba en la puerta, entonces Pablo se volvía de golpe muy formal, se quedaba un poco más atrás metiéndose la camisa por dentro del pantalón y haciéndose el distraído. Koldo no se había dado cuenta hasta ese día, y le soltó a bocajarro:

—¿Qué te pasa, Pablo, es que ha venido tu novia?

Pablo se puso tan colorado como si en su cara hubieran florecido todas las amapolas del campo.

—¡No se te ocurra volver a decir eso, Bolón! ¿Me oyes? –gritó Pablo muy agresivo.

Respiraba con violencia, agotado por un esfuerzo tremendo. Koldo percibió que Pablo tenía los ojos acuosos, a punto de romper en lágrimas de rabia. Se quedó tan sorprendido por la reacción de su amigo, que casi ni acertó a pedirle disculpas:

—Perdona, chico. No creí que te lo fueras a tomar así.

—¡Déjame en paz! –exclamó Pablo desapareciendo en dirección contraria.

—¿Qué le pasa a Pablo? –preguntó Lourdes cuando Koldo llegó junto a ella.

—¡Y yo qué sé qué mosca le ha picado! –mintió Koldo–. ¡Se habrá tragado un sapo!

—¿Tú tampoco lo sabes, Tomatito? –preguntó Maribel a Félix pellizcándole cariñosamente la mejilla.

A Félix, casi todos le llamaban Tomatito, porque se ponía rojo con más frecuencia que un semáforo. Así que tal vez por solidaridad con Pablo, o solo por la costumbre, se puso colorado hasta las orejas. Su hermano Koldo le dio un codazo disimulado para que no metiera la pata.

—No, no. Ni idea. Yo no sé nada. Pero nada, oye –tartamudeó Félix poniéndose y quitándose las gafas por lo menos tres veces.

Las chicas sospecharon que los dos hermanos estaban aliados, y que además mentían como bellacos.

Pero también sabían de sobra que no iban a poder sacarles una palabra, así que dejaron de insistir. Aurora se acercó al grupo en ese momento.

—Muy bien. Pues si vosotros tenéis vuestros secretitos, nosotras también tendremos los nuestros –dijo Lourdes sacudiendo su melena rubia al estilo Marilyn Monroe–. Vámonos, chicas, que aquí sobramos.

Las tres amigas entrelazaron sus brazos y, muy dignas ellas, con la barbilla erguida como las grandes señoras, se alejaron en dirección a casa de Aurora.

Sin ser visto, Pablo observaba la acción desde el otro extremo de la calle. No había podido evitar ese estallido de rabia cuando Koldo puso al descubierto su secreto mejor guardado. Tan oculto era que casi ni él mismo se había dado cuenta hasta ese instante, viendo a Maribel con su larga trenza de pelo negro y sus inmensos ojos entre grises y verdes. Iba tan guapa que hasta el uniforme granate del colegio de monjas le quedaba bien. Lo malo es que Maribel era un poco más alta que él, aunque tuviera un año menos. Afortunadamente, todavía no usaba zapatos de tacón, porque si no, le sacaría la cabeza entera, y eso ya sería demasiado para su orgullo. Las vio alejarse calle arriba y no intentó seguirlas. Dio una patada a una lata vacía de cerveza y regresó a casa por un camino diferente.

—¿No te ha parecido un poco rara la discusión de Pablo y Koldo? –preguntó Maribel a su prima.

—No sé. Ya sabes cómo son los chicos. En cuanto hay chicas cerca se ponen muy gallitos –dijo Lourdes.

—Eso es verdad. Son unos críos –remarcó Aurora.

—A mí, Pablo me parece muy mono –afirmó tímidamente Maribel–, pero es tan cortado…

—Pues no te quita el ojo de encima. Creo que está por ti.

Las Mandarinas de la China ensayaron en casa de Aurora algunas canciones escritas por ellas mismas, pero terminaron antes que otras veces, porque Maribel tenía que estudiar para un control de Lengua.

—Que no se os olvide que el domingo es mi cumpleaños. Haremos una fiesta –dijo Lourdes al despedirse.

—¡Qué bien! ¿Van a ir chicos? –preguntó Aurora.

—¿Invitarás a Pablo? –quiso saber Maribel.

—Vendrán todos los del Club del Camaleón, aunque todavía no les he dicho nada –confirmó Lourdes.

Pensando en Pablo, Maribel sintió como si miles de hormigas le recorrieran los pies. Ya de vuelta, en casa, encendió el equipo de radioaficionado que tenía desde hacía un año. Era el regalo más increíble que jamás había recibido. A través de su emisora hablaba con personas que vivían a miles de kilómetros de distancia. Lo malo es que casi siempre que conectaba con alguien del extranjero la obligaban a hablar en inglés, y no se le daba muy bien. No tenía tanta suerte como James, que, con un padre irlandés y una madre asturiana, sabía hablar dos idiomas desde antes de ir a la escuela.

6

El calidoscopio y el rayo

PABLO bajó al sótano. Quería terminar el calidoscopio que había empezado a fabricar la semana anterior. Comenzó a cortar en trozos minúsculos varios plásticos semitransparentes, papelitos, cristales y cartulinas. Un largo tubo de cartón, antiguo soporte del papel de cocina, serviría de envoltura. Los tres espejos alargados ya los tenía desde antes. Ahora intentaba decidirse por un papel verde o uno amarillo para forrar el calidoscopio. La voz de Ana Torroja cantando *El siete de septiembre* se empezó a oír desde el salón. Eso quería decir que ya estaba su padre, porque siempre ponía una canción de Mecano cuando llegaba a casa. Era su forma de saludarlos a todos, estuvieran donde estuvieran.

—Es más guay el amarillo –dijo Marina.

Pablo dio un respingo sobre la silla. No había oído a su hermana pequeña bajar por la escalera, así que creía estar solo en el sótano. Marina, con la ardilla Ana en brazos, le miraba sin entender la causa del sobresalto.

—¿Cuándo has llegado? –le preguntó Pablo.

—Antes que tú, así que no me puedes echar. Estábamos jugando Ana y yo debajo de la mesa cuando entraste –respondió Marina.

—No te pensaba echar. Es que me has dado un buen susto –dijo Pablo–. ¿Por qué no te gusta el papel verde?

—Porque parece un moco –Marina se echó a reír.

Fernando bajaba refunfuñando por las escaleras:

—¿Es que aquí nadie saluda a los esclavos que vienen de trabajar?

Ana saltó de los brazos de Marina, trepó hasta un ventanuco que daba al jardín y desapareció en un segundo. Era una ardilla doméstica, pero no le gustaban los adultos. Y menos aún los que se dejan crecer pelos negros en la cara.

Fernando se acercó hasta sus hijos rascándose la barba, sin saber si hacer algún comentario acerca de la ardilla. Finalmente decidió no tocar el tema. Sentó a Marina en sus rodillas y le entregó a Pablo un sobre grande de papel de estraza.

—Ábrelo. Es para ti.

—¿Es un regalo? –preguntó Pablo.

—No exactamente. Es algo que me habías pedido hace algunos días –dijo Fernando.

Pablo rasgó el sobre y extrajo una gran cantidad de plásticos transparentes, algunos de colores uniformes, y otros haciendo aguas. Los había de todos los tamaños.

—Son trozos sobrantes de negativos que utilizamos en la agencia de publicidad –dijo Fernando haciendo trotar a Marina en sus rodillas.

—¿Cómo han hecho esto? –Pablo estaba encantado con las transparencias.

—Han sido revelados de forma peculiar, con cambios de temperaturas, mezclas de líquidos y cosas así –explicaba Fernando–. Los del departamento de Investigación y Desarrollo, que se entretienen en eso.

—Son perfectos. Los cristalitos que tenía aquí para el calidoscopio son mucho más feos –admitió Pablo.

El padre y la hija subieron mientras Pablo se quedaba clasificando el nuevo material. Tenía que seleccionar las transparencias más originales para entremezclarlas en el interior del calidoscopio. Pero antes era preferible observarlas en diferentes condiciones de luz, así que subió con unas pocas de las más brillantes para examinarlas de cuando en cuando y poder escoger las mejores. Clara estaba preparando algo de cena, y el olor a comida rica que salía de la cocina provocaba gruñidos en el estómago vacío de Pablo.

Marina, tumbada en la alfombra, veía *Salvad la selva.* Era una serie de dibujos animados que ponían en Teleficción, la nueva cadena de televisión privada que solo emitía programación infantil. El protagonista de la serie, el sapo sabio, debía enfrentarse a la terrible serpiente eléctrica, que en lugar de morder, estrangular o escupir veneno, como es lo normal, provocaba descargas de alto voltaje y electrocutaba a sus adversarios. Y el pobre sapo sabio, que tenía la piel tan húmeda, lo pasaba fatal. Pero aunque el buen sapo no tenía el tamaño del elefante, ni la velocidad del guepardo, ni la agilidad del mono, poseía en cambio sentido común y un cerebro privilegiado que le permitía escapar de todas las trampas que la mortal serpiente le tendía.

A Pablo solo le gustaba ver alguna película y los especiales de música moderna. Había días enteros en los que daba la impresión de que en esa casa no existía la televisión. La única que la encendía era Marina, a quien le encantaban los dibujos animados, y sobre todo la nueva serie *Salvad la selva*. Pablo observaba a contraluz una de las transparencias anaranjadas que le había traído su padre cuando le pareció ver algo raro en la pantalla. Una especie de resplandor verde. Volvió a mirar y no vio nada. Tal vez había sido solo una alucinación. Se puso el trozo de negativo delante de su ojo derecho, como si fuera un monóculo, y recorrió con la vista el salón teñido de color naranja por efecto del filtro. Todo estaba en su sitio.

Todo no. Se fijó bien en su hermana Marina. Una aureola de polvillo verde flotaba a su alrededor. Miró a su padre a través del filtro, pero él no lo tenía. Se miró la mano: tampoco. Fue a la cocina y miró a su hermana Clara: ni rastro. Volvió a mirar a Marina, y allí seguía la nube verde. Casi no se notaba, pero podía percibirse con el filtro. Marina seguía entusiasmada viendo las aventuras de su sapo preferido, cuando de pronto apareció la serpiente eléctrica en la pequeña pantalla lanzando relámpagos y destellos.

—¡Rayos verdes! –exclamó Pablo.

Ahora sí que los había visto con claridad. Cada vez que la serpiente eléctrica sacudía la cola, despedía una luz verde, como si fuera un láser. Sin el filtro no se notaba nada, pero a través del negativo anaranjado podían verse perfectamente las descargas. Y le pareció que… ¡sí, eso es! Los rayos se posaban sobre quienes estuvieran frente al televisor, dejando una nubecilla de polvo verde alrededor. ¿No era todo eso muy extraño? Iba a enseñarle el descubrimiento a su padre cuando terminó la serie de dibujos. ¡Qué raro! El caso es que solo sucedía cuando aparecía la serpiente eléctrica. Con los anuncios no ocurría nada. Ni con el resto del programa. Le preguntó a Marina:

—¿Has visto unas luces verdes que salían de la televisión?

—¿Es un cuento o una adivinanza? –preguntó Marina.

—No, no. Solo quiero que me digas si has visto una especie de rayo verde que sale del televisor cuando aparece la serpiente eléctrica –insistió Pablo.

Marina le miró con el ceño fruncido, hizo un gesto con el dedo sobre la frente dando a entender que estaba loco y luego negó con la cabeza.

—¿Qué es eso del rayo verde? –insistió a continuación.

—Nada. Tonterías. Olvídalo –terminó Pablo.

Sirio se le subió encima. Hoy no habían ido a la calle. La cena aún tardaría un poco, así que, armado de monopatín y guantes, salió al exterior a practicar un poco en una rampa especial que se habían construido con unas tablas. Allí se encontró con James.

—*Hello,* Pablo. ¿Hacemos una competición? –dijo James.

—Vale. La primera prueba será subir y bajar del bordillo sin caerse del monopatín –propuso Pablo.

Estuvieron practicando hasta que llegó Marina para anunciar que la cena ya estaba lista. De momento iban empatados, así que quedaron para continuar al día siguiente. Tal vez Koldo y Félix se apuntaran para hacer un campeonato. Podría ser divertido.

—¿Esta noche me contarás otro cuento del Dragón Inmóvil? –preguntó Marina ya de vuelta a casa.

—Ese ya lo hemos hecho más veces. ¿No quieres uno de fantasmas, o de unicornios, o de cualquier otra cosa? –Pablo tenía ganas de cambiar de historia.

—Es que el del Dragón me gusta mucho –insistió Marina–, pero si quieres podemos hacer uno de dragones fantasmas.

—Ya veremos –dijo Pablo.

Esa noche, Marina estaba intranquila. O eso al menos le pareció a Pablo, que no podía quitarse de la cabeza el extraño suceso de los rayos verdes saliendo del televisor. Su padre le tenía dicho que siempre había que repetir las investigaciones antes de formular una teoría, así que intentó comprobar si en otros programas de televisión, y con distintos filtros de colores, aparecían de nuevo rayos verdes, pero no sucedió nada. Habría que insistir. No se lo diría a nadie hasta que lo hubiera confirmado, porque a lo mejor era una tontería.

7

En el patio

CON esa idea se fue a la cama. Pero lo cierto es que al día siguiente no pudo aguantar las ganas de contárselo a sus amigos. Durante la clase de sociales, la señorita Consuelo, que era su tutora, le llamó la atención por hablar con Koldo.

—Señor Pablo Martín –dijo la profesora con ironía–, ¿le importaría comunicarle al resto de la clase esa información tan importante que tiene que transmitir a su amigo Koldo Barandica, y que no puede esperar hasta el recreo?

—No era nada. Ya me callo –respondió Pablo escondiéndose detrás de un libro.

Pero al cabo de un tiempo lo estaba intentando de nuevo, así que la señorita Consuelo decidió sacarle a la pizarra y preguntarle las cinco últimas lecciones de sociales que habían dado. No se las supo, y le puso un insuficiente. Necesitaría por lo menos un notable en el siguiente control para poder recuperarlo. Mala pata. No tuvo más remedio que esperar hasta el recreo para hablar con sus amigos y contárselo todo.

—¿No será que esa transparencia tenía una raya verde? –dijo Koldo desenvolviendo un bocadillo gigante de queso.

—Que no, Bolón, que te digo que venía de la tele –insistía Pablo.

—Puede que tengas la televisión estropeada –apuntó Lourdes.

—¿Y por qué no has traído ese papel transparente para que lo viéramos? –Aurora no se creía mucho la historia.

—Porque no pensaba decírselo a nadie hasta comprobarlo otra vez –explicó Pablo.

Lourdes y Aurora no entendían muy bien por qué Pablo estaba organizando tanto jaleo. Koldo le miró entre mordisco y mordisco, y al ver que su amigo estaba esperando que hablara, dijo mirando hacia el patio:

—Pues ahora nos lo estás contando a nosotros.

Pablo, poniéndose de pie, se situó frente a Koldo con el ceño fruncido.

—Mira, Bolón, si no quieres ayudarme, haber empezado por ahí –y dándose media vuelta se alejó en dirección a las porterías.

Félix se acercaba en esos momentos y fue obsequiado con un gruñido por parte de Pablo al cruzarse con él:

—¡Quítate de mi vista, Tomatito! –y siguió su camino con las cejas arrugadas.

—¿Qué le pasa a ese? –le preguntó a su hermano mientras se limpiaba las gafas.

—¡Yo qué sé! Lleva unos días de lo más tonto. Primero lo de Maribel y ahora esto. Cualquiera diría que la ha tomado conmigo –se quejó Koldo.

—A mí me ha gruñido –informó Félix.

—Ah, ¿sí?

Koldo se volvió a concentrar en el patio y en el bocadillo. Lourdes y Aurora miraban a un grupo de niños y niñas que practicaban un baile ondulante con los brazos y las manos. Debía de ser un nuevo juego, pero a ellas les recordaba no se sabe qué. En alguna parte habían visto un ejercicio parecido.

—Oye, Félix, ¿qué son esos movimientos que hacen los de ahí? –preguntó Lourdes.

—¿Estos…? –Félix comenzó a sacudir los brazos en forma de olas.

—Sí, sí… ¿qué juego es ese? –dijo Aurora.

—Pero si no es un juego, tontas. Es el movimiento de la serpiente eléctrica. La de *Salvad la selva*, ya sabéis…

Entretanto, Pablo se había enfrascado en el estudio de las lecciones de sociales que debía recuperar. No sabía muy bien por qué motivo estaba de tan mal humor, pero lo cierto es que todo el mundo parecía estar empeñado en sacarle de sus casillas.

Junto a la verja, otro grupo de niños y niñas aplastaban hormigas con los dedos pulgares y arrancaban hojas de un árbol cercano. Todo aquel que se les acercaba era recibido con zancadillas y patadas disimuladas. «Si son así ahora», pensaba Pablo, «no sé cómo serán cuando lleguen a secundaria».

8

Reunión en el Club

AL día siguiente tenían prevista una reunión en el Club del Camaleón. A partir de las cinco fueron llegando los cuatro socios al cementerio de automóviles.

—¿Qué profesión tiene el camaleón?

—¡Anacleto! No, no, espera… ¡Panadero! ¡Eso!

Sirio se quedó vigilando fijamente a la mascota, en tanto que el camaleón solo le observaba a medias, con el ojo derecho. Con el izquierdo miraba al techo.

Una vez sentados los cuatro miembros del Club, Pablo volvió a contar el extraño suceso de Teleficción. Ahora estaba más seguro, porque había vuelto a suceder. La tarde anterior se había colocado frente al televisor dispuesto a descubrir el origen de los rayos verdes. No consiguió ver nada extraño en ninguna cadena ni en ningún otro programa. Nada hasta que empezaron a emitir los dibujos animados de *Salvad la selva* en Teleficción. Les dijo que cada vez que la serpiente eléctrica sacudía el cuerpo en un movimiento ondulante, a través del filtro naranja había percibido unos hilos de luz verde cruzando la habitación y anudándose como un anillo alrededor de los que se encontraban frente al televisor. Una nube de polvillo verde cubría por completo a Marina. Su hermana Clara, que por una vez estaba viendo los dibujos, también tenía esa aureola verdosa, aunque mucho más débil que la de Marina.

También les contó que cuando acabaron los dibujos había bajado al sótano, y que allí, con unas cartulinas negras recortadas, un trozo de cartón y una goma del pelo, había fabricado unas gafas en forma de antifaz. No eran una maravilla, ni bonitas, ni cómodas, pero cumplían bien el objetivo para el que habían sido construidas. Había cerrado la zona de los ojos con plásticos semitransparentes de color anaranjado. Con el antifaz puesto no tenía aspecto de espía, incluso quedaba un poco ridículo, pero a cambio podía ver los efectos del rayo verde con más comodidad y en más lugares.

—¿Y qué has hecho con el antifaz? –preguntó Félix.

—Aquí lo tengo, en la mochila –dijo Pablo mostrando unas extrañas gafas de cartón con plásticos anaranjados en lugar de cristales.

Se colocó el antifaz y les miró uno por uno.

—¿Qué es lo que ves? –preguntó Koldo.

—Según estas gafas, Félix es el que más dibujos ve, y James no los ve nunca.

—¿Es eso verdad, James? –preguntó Koldo dejando por un momento de comer galletas.

—Pues sí, justo a esa hora mi padre ve el informativo *World News* con la antena parabólica, y como solo tenemos una tele, pues todavía no he visto ese programa –confirmó James.

Se fueron pasando unos a otros las gafas especiales fabricadas por Pablo, asombrándose del descubrimiento de su amigo.

—Esto no puede seguir así. Hay que conseguir que prohíban esos dibujos animados –dijo James.

—¡Qué pasa! ¡De eso nada! –protestó Félix–. ¡A mí me gustan! Y además dan buenos consejos.

—No sabemos si esa nube verde es peligrosa –dijo Koldo.

—¡Pues claro que tiene que ser peligrosa! *Very dangerous!* –exclamó James–. ¡Eso es contaminación, y radiactividad, y rayos X, y energía nuclear, y...!

—¡Para, para, que lo estás mezclando todo! –cortó Pablo–. A mí se me ocurre que lo mejor es que vayamos a la policía.

—Sí, pero vete con las gafas puestas, para que así se rían más fuerte todavía –se burló Koldo.

—No sé por qué no te parece buena idea –Pablo fruncía el ceño.

—Pues simplemente imagínate la escena –comenzó a decir Koldo–: entra Pablo en la comisaría con un antifaz naranja y monopatín bajo el brazo…

—No te pases, Bolón… –dijo Pablo.

—… y le dice a un policía: «Mire usted, señor agente, salga y detenga a la serpiente eléctrica de Teleficción, porque se mueve haciendo así, y además le lanza rayos verdes a mi amigo Félix que solo se pueden ver con estas gafas». ¿Crees de verdad que te harán caso? –terminó Koldo.

Todos se quedaron en silencio, pensando en lo que podían hacer. Koldo, de cuando en cuando, acallaba un ataque de risa imaginándose a Pablo en la comisaría.

—*That's right.* Lo que dice Bolón es cierto. No te escucharán –dijo James–. Hay que pensar otra cosa.

—No creo que tengamos que hacer nada. Además, esos dibujos son de lo más guay –insistió Félix.

—Tomatito: o cierras la boca o te la coso con grapas –le dijo amenazante su hermano Koldo–. Además de ser un enano, eres tan tonto que ni siquiera lo disimulas.

—¡Déjame en paz!

Félix enrojeció de golpe y se levantó a dar de comer a Anacleto y limpiar la jaula. Cuando su hermano se ponía en plan bestia, lo más prudente era guardar las distancias.

—A lo mejor mi hermana Clara nos puede ayudar. Tiene diecinueve años y dice que es ecologista –informó Pablo.

—Pues más vale que no lo diga, porque a los ecologistas les hacen menos caso que a ti en la comisaría –apuntó James.

—¿Te crees muy gracioso, pecoso-mocoso? –dijo Pablo.

—Mucho, mucho, Pablito-cara-pito.

—Si empezamos con tonterías, más vale que termine la reunión y nos vayamos a jugar –cortó Koldo impaciente.

—¡Eh, mirad a ese! –dijo James.

Koldo y Pablo se dieron la vuelta para ver qué era lo que llamaba la atención de su amigo. Y allí estaba Félix, frente al camaleón, haciendo unos extraños movimientos ondulantes. Tenía los ojos fijos, detenidos en un lugar impreciso. Abría y cerraba la boca muy despacio cada cierto tiempo, como si fuera un pez.

—¿Qué haces, Tomatito? –le dijo Koldo.

Su hermano no contestó. Casi se diría que no le había oído. Pablo se levantó y, acercándose hasta Félix, le zarandeó por los hombros.

—¡Que me dejes en paz! –dijo Félix soltándose bruscamente, como recién salido de un sueño.

—Pero ¿qué te pasa? –preguntó Pablo.

—Nada... ¿No lo ves? –Félix volvió a enrojecer–. Me voy, porque sois unos pesados.

Sin volver a abrir la boca, Félix salió del Club del Camaleón, montó en su bici y desapareció calle arriba. Los tres amigos se miraron sin comprender.

—Tú que eres su hermano, Bolón, ¿sabes qué le pasa a Tomatito? –preguntó Pablo.

—Algo imagino, pero no porque sea su hermano –dijo Koldo.

—¿Y qué es? –se interesó James.

Koldo miró a sus amigos con cara de preocupación. Se concentró unos momentos intentando ordenar sus pensamientos al tiempo que masticaba sin prisas otra galleta. Al fin se decidió a hablar:

—Pues veréis. Ayer, en el recreo del colegio, cuando Pablo se enfadó conmigo porque le dio la gana, Lourdes me contó que había visto una cosa muy rara en el patio.

—No me enfadé. Es que tú no me escuchabas –dijo Pablo.

—¡Da igual! ¿Qué es lo que viste? –interrumpió James.

—Pues a los niños más pequeños haciendo lo mismo que Félix. Yo creí que era una tontería. Me fijé también en ellos y me imaginé que sería un juego tonto de moverse así.

—¿Y qué más…?

—Me dijeron que se trataba de imitar a la serpiente eléctrica, la de Teleficción. Pero había algo extraño en ese juego, y no me he dado cuenta hasta ahora –decía Koldo.

—Sigue, sigue… –le animó Pablo.

—Los niños abrían la boca así, como los peces, igual que Félix. Pero lo más sorprendente era que ninguno se reía. Había muchos grupos haciendo lo mismo, pero no parecía que se lo estuvieran pasando bien. ¿No es extraño jugar a un juego que no le divierte a nadie? –terminó Koldo.

—*Really!* Pues sí que es verdad –exclamó James–. Ahí hay gato encerrado.

Los tres amigos se volvieron a quedar en silencio, y un miedo indefinido se apoderó de ellos por unos instantes. Un peligro desconocido, incomprensible y oculto les amenazaba desde algún lugar al que ellos no alcanzaban.

—¿Tendrán algo que ver los rayos verdes que salen de la televisión con esos movimientos de los niños? –preguntó Pablo en voz alta a sus amigos.

—Seguro que sí –dijo Koldo–. Tiene que haber alguna relación. Mañana llévate las gafas especiales al colegio y veremos qué pasa.

—Por la tarde voy a tu casa, Pablo, y me cuentas lo que hayáis descubierto. *All right?* –dijo James.

—De acuerdo. Y ahora… ¿hacemos una competición de bici-cross? –propuso Pablo.

—Vale. El último es un bacalao –dijeron los otros dos echando a correr en busca de sus bicicletas.

Observando

AL día siguiente, Pablo y Koldo fueron al colegio dispuestos a observar cualquier reacción fuera de lo común que ocurriera entre el resto de los niños. A la hora del recreo se juntaron con Lourdes y Aurora y les explicaron cómo funcionaba el antifaz de Pablo.

—¿Y has traído esas gafas especiales? –preguntó Aurora.

—¡Claro! Aquí las tengo –dijo sacando un pequeño paquete del bolsillo.

Pablo se colocó el antifaz de cristales anaranjados y realizó una inspección panorámica del patio.

—¡Es increíble! –exclamó asombrado.

—¿Qué pasa? ¿Qué has visto? –preguntó Lourdes.

—Míralo tú misma –dijo Pablo pasándole el antifaz.

Lourdes se lo puso y se quedó sorprendida ante la visión que le ofrecía el patio del colegio. Más de la mitad de los niños tenían una nube de polvo verde alrededor, como si se tratara de una aureola o un escudo transparente. Luego, Aurora y Koldo también probaron.

—Mira hacia allí, Bolón. ¿Qué te parece?

Pablo señalaba a un pequeño grupo de niños que se movían al ritmo de la serpiente, y abrían y cerraban la boca como peces respirando bajo el agua. Koldo, que aún tenía puesto el antifaz, concentró su vista en ese grupo y se dio cuenta de que la nube de polvo verde que les cubría era mucho más oscura y densa que la del resto de los niños.

—Aquellos de allí tienen más polvo verde que los demás. ¿Crees de verdad que lo produce la tele?

—Eso es fácil de saber –dijo Pablo–. No hay más que preguntar.

Se dirigieron al grupo de imitadores de la serpiente eléctrica. No fue fácil sacarles de su juego, porque parecía que ni escuchaban ni sentían. Como si estuvieran dormidos y despiertos a un tiempo. Sonámbulos. Pero al final confirmaron parte de sus sospechas: todos ellos veían el programa *Salvad la selva,* y algunas veces repetido, porque lo grababan en vídeo. Luego se trasladaron al otro extremo del patio, hacia aquellos que casi no tenían polvo verde a su alrededor: había un grupo jugando al fútbol, un poco mayores, que casi no tenían nada.

—¿Vosotros veis *Salvad la selva?* –les preguntó Lourdes.

—A mí los dibujos no me van. Eso es para pequeñajos –decía uno muy flaco.

—Yo tengo clase de yudo todos los días a la misma hora que ese programa, así que no puedo verlo –decía el que jugaba de portero.

—En mi casa está la tele estropeada desde hace un mes, y mi padre dice que pasa de arreglarla –se quejaba el más bajito.

Los cuatro amigos se miraron significativamente. Estaba claro: cuanto más veían *Salvad la selva,* más radiaciones verdes. Pero… ¿para qué?, ¿por qué? Esa tarde debían tomar alguna decisión. Pedir la ayuda de alguien mayor que les hiciera caso, o algo así.

Al salir del colegio se dirigieron al cementerio de automóviles. Tendrían una reunión extraordinaria. Pablo fue buscando a Maribel con la mirada durante todo el trayecto, pero no hubo suerte. Las Mandarinas de la China estaban en clase de ballet, y no terminaban hasta las siete. Koldo pasó a buscar a James hasta su casa y pronto estuvieron todos, incluso Félix, alrededor de la mesa del Club.

—Esta es una reunión urgente. Tenemos que tomar medidas para detener el rayo verde. Puede ser peligroso –empezó Pablo muy serio.

—¿Y si no, qué? –dijo Félix.

—¿Si no hacemos algo? Pues que nadie lo va a hacer –contestó Pablo.

—No, no… Digo que qué pasa si no es peligroso. Hay pistolas de juguete que lanzan un rayo láser, que es verde, y que no hace daño a nadie. Solo es luz, como las bombillas –dijo Félix, convencido de haber encontrado una idea genial.

—Que no te enteras, Tomatito. Las bombillas verdes no dejan una nube de polvo alrededor de las personas. Esto es algo diferente –intervino James.

—Pues yo no estoy de acuerdo –dijo Félix cruzándose de brazos.

—Está bien. Hagamos una votación. Esto es una democracia, así que lo que decida la mayoría será lo que hagamos –propuso Koldo.

Con tres votos contra uno se decidió que había que intentar algo. Félix tuvo que aceptar la decisión del grupo, porque además de estar en minoría, era el más pequeño de los cuatro. De todos modos, ¿qué podrían hacer contra una luz que se introducía en millones de casas? Tendrían que buscar la colaboración de los mayores, y aun así quizá no pudieran conseguir nada.

—Pablo dijo el otro día que tal vez su hermana mayor nos podría ayudar –recordó Koldo.

—Pero James no estaba de acuerdo, porque era ecologista –dijo Pablo.

—Pero si era una broma, hombre –contestó James–. A mí me parece bien.

—También podríamos hablar con algún profesor del colegio. La señorita Julia, la de ética, a veces es simpática –dijo Koldo.

—¡Qué dices! ¡Pero si es muy gorda! –exclamó Pablo.

—¿Y qué tienes tú contra los gordos? –dijo Koldo levantándose con la rapidez de un rayo.

—Ya estamos con tonterías. ¿Qué tendrá que ver la gordura con que sea simpática o con que nos pueda ayudar? –intervino James.

Tardaron en ponerse de acuerdo, pero al final aceptaron la idea de contarle todo a Clara y, tal vez, según se desarrollaran los acontecimientos, hablarían también con la profesora de ética.

Antes de dejar el cementerio de automóviles, los cuatro recolectaron una buena cantidad de insectos para Anacleto, la mascota del Club. Sirio no estaba, así que no pudo expresar su opinión, pero probablemente no se mostrase de acuerdo con que le hicieran tantos mimos a un bicho tan feo.

10

Un planeta muy extraño

ANTES de entrar en casa, Pablo vio que la Vespa de Eduardo estaba aparcada junto a la puerta. Eduardo era el novio de Clara, y los amigos le llamaban Edu. Trabajaba por las mañanas como mensajero y por la tarde estudiaba Telecomunicaciones.

Clara estaba sentada en el sofá, acunando a Marina en sus brazos. Eduardo, fumando como siempre, leía un libro de física y tomaba apuntes en la mesa grande del comedor.

—¿Qué le pasa a Marina? –preguntó Pablo.

—Ha preguntado por mamá. Su profesora, Ana, me ha dicho que lleva todo el día sin hablar y tosiendo mucho. Está muy rara –explicó Clara.

—¿Qué le has contado de mamá?

—Nada. Que está de viaje… Que tardará en volver… Que también ella se acuerda mucho de nosotros… ¡Qué quieres que le cuente! –dijo Clara encogiéndose de hombros–. Estas cosas son muy difíciles de entender para Marina.

—Y para mí también, no te creas –Clara notó que el tono de voz de Pablo era de una repentina tristeza, como nacido de un territorio oscuro y solitario.

En su cuarto, Pablo intentó concentrarse en la lectura de algún libro, hacer sopas de letras y ordenar su armario, pero no conseguía quitarse de encima una extraña angustia que le apretaba el pecho. Sin razón alguna, y eso ya lo había hablado más de una vez con Clara, se sentía culpable de que su madre no estuviese con ellos y de que su hermana Marina tuviera esa enfermedad que los médicos llamaban bronquitis. Él no podía hacer nada, y eso era lo que más le deprimía. Acabó escribiendo una larga carta a su madre, pero luego la rompió en trocitos muy pequeños y la echó a la papelera. Se duchó –cosa que nunca hacía por la tarde–, cenó sin apetito y se dirigió al cuarto de Marina para contarle un cuento. Tal vez consiguiera animarla.

—Te has olvidado de la vaca –le dijo Pablo acercándosela.

Marina rechazó el peluche con un movimiento de cabeza desde la cama. Pablo se sentó junto a ella.

—¿Quieres que te cuente el cuento de *La princesa y el guisante?*

Marina negó con la cabeza.

—¿Y el de *El gato con botas?* –probó nuevamente Pablo.

—Quiero un cuento de tu boca –dijo finalmente Marina cerrando los ojos para concentrarse mejor.

Eso quería decir un cuento inventado. Eran los que más le gustaban a Marina, porque nunca sabía lo que podía pasar. A Pablo le costaban más que los otros, ya que tenía que poner mucha imaginación, pero por esta vez decidió hacer un esfuerzo por su hermana pequeña.

—De acuerdo –empezó–. Esto era una vez un extraño planeta en donde los habitantes no tenían ninguna forma definida. Es decir, que sus cuerpos podían cambiar siempre que quisieran. Cada uno podía ser como le apeteciera con solo desearlo. Y podían cambiar cada vez que les diera la gana simplemente imaginando aquello que querían ser. Al principio la cosa iba bien, porque todos eran guapísimos, pero se fueron acostumbrando y al cabo de un tiempo todos los habitantes se parecían demasiado. Empezaron a ensayar otras formas corporales, y algunos se transformaban en pájaros para ver las ciudades desde arriba; otros, en hormigas, en tigres o en árboles.

—Qué lío, ¿no? –dijo Marina.

—Pues sí, la verdad –siguió Pablo–. Pero pronto empezaron a gastarse bromas, y se disfrazaban de piedra, de mesa o de semáforo. Hubo algunos aprovechados que empezaron a robar en las casas haciéndose pasar por sombras o por hermanos pequeños de las víctimas. Nadie se fiaba de la policía, porque cualquiera podía ser o no ser, y hasta las comisarías eran falsas. Cuando algunos se disfrazaron de mujeres para entrar en el cuarto de baño de las chicas, se llevaron una gran sorpresa: todos habían pensado lo mismo, y solo había chicos en el baño. Lo más divertido era cuando organizaban una fiesta de disfraces, porque entonces iban como locos para ver quién conseguía la forma más extraña.

—¿El camaleón hace eso también? –preguntó Marina.

—Bueno, no exactamente. Solo cambia de color para confundirse con el suelo y que no le descubran. Es una especie de camuflaje –explicó Pablo–. Pero siguiendo con nuestra historia: el caso es que poco a poco fueron perfeccionando la técnica de transformarse, con el poder de la mente, hasta que consiguieron que todos los pensamientos tuvieran forma real y se vieran desde fuera. Nadie podía engañar a los demás, porque enseguida se veía lo que de verdad pensaba y sabían que estaba mintiendo. Si una persona caía mal a otra, no podía disimularlo, porque enseguida aparecía delante una imagen dándole puñetazos. Al principio fue un poco desagradable, porque estaban acostumbrados a decir de vez en cuando alguna mentira, aunque fuera pequeña, y a disimular con buena educación cuando alguien no les parecía muy agradable. Los que peor lo pasaron fueron los políticos, porque ni los que estaban gobernando ni los que estaban en la oposición consiguieron ganar las elecciones. En su lugar resultaron elegidos como presidentes y alcaldes los que nunca habían querido dirigir un país, pero que eran mucho más sinceros que los anteriores.

¿Y sabes quiénes fueron los que mejor se lo pasaron y los que menos problemas tuvieron? Pues precisamente los niños, cuanto más pequeños mejor, porque no saben decir mentiras. ¿Te gustaría a ti vivir en ese planeta? –le preguntó Pablo a Marina.

Marina no contestó. Hacía ya un buen rato que estaba dormida. Pablo se recordó a sí mismo que al día siguiente tenía que preguntarle a Marina qué final le había dado en sus sueños al cuento del extraño planeta de seres sin forma, o de seres con todas las formas posibles, que venía a ser lo mismo.

11

Buscando aliados

JAMES estaba esperando en la puerta de la casa de Pablo cuando este llegó acompañado de Koldo y Félix.

—Sois unos pesados, *you know?* Llevo aquí más de media hora –protestó James.

—Venga, tío, vete a llorar a otra parte –respondió Koldo.

—¿Tú quieres tener problemas conmigo, Bolón? –dijo James retador.

—¡Huy qué miedo, mira cómo tiemblo! –se burló Koldo.

Pablo tuvo que sujetar a James, que ya se arrancaba dispuesto a darse de tortas con Koldo. Sirio salió de la casa y empezó a ladrar a los dos.

—¡Ya está bien! ¿Es que sois tontos o qué? –les regañó Pablo.

—¿A que te damos a ti por llamarnos tontos? –dijeron Koldo y James.

Pablo se dio la vuelta enfadado mientras sus dos amigos le sacaban la lengua y hacían las paces entre ellos. Poco después volvían a reunirse los cuatro en el interior de la casa.

—Como volváis a montar bronca, os mando al cuerno –advirtió Pablo.

En el sótano, alrededor de una mesa, jugaron al palé mientras esperaban. Pablo le había contado a Clara que los del Club del Camaleón querían hablar con ella. No pudieron concentrarse mucho en el juego, porque andaban los tres pensando en el misterioso rayo verde y en la aureola de polvo que dejaba tras de sí.

James tenía cuatro barrios con hoteles y más dinero que la propia banca cuando llegaron Clara y Marina, las hermanas de Pablo. Koldo estaba arruinado, porque había cambiado todas las calles y su dinero por trozos de bocadillo. Los cuatro amigos recogieron el juego y subieron a reunirse con Clara. Mientras, Marina fue a buscar a su ardilla Ana por el jardín.

—Y bien, chicos, ¿qué es eso tan importante que teníais que contarme? –preguntó Clara.

Eran tantas cosas que ninguno sabía por dónde empezar. Al fin se decidieron todos a hablar al mismo tiempo, con lo que Clara no pudo enterarse de nada.

—¿Qué tal si me lo cuenta uno solo, y los demás vais añadiendo detalles que falten? –propuso Clara.

—De acuerdo. Que empiece Bolón –dijo James.

Koldo, que por una vez no estaba comiendo, se sintió más importante que nunca, sacó una libreta del bolsillo y empezó a contar la historia a su manera:

—Como todos sabemos, la contaminación atmosférica está produciendo graves daños en la capa de ozono que recubre la Antártida, y eso hace que los rayos ultravioletas penetren en…

—Venga ya, zampabollos, que así no terminaremos nunca –le interrumpió Pablo.

—Lo que está diciendo Koldo es verdad –dijo Clara, con la conciencia ecologista repentinamente despierta–. Si estáis pensando hacer una campaña en contra de los sprays, halones y clorofluorocarbonados, podéis contar conmigo.

—Que no es eso. *Listen to me*. Es mucho más simple, pero más complicado –intervino James.

—Muy bien. Si lo cuentas todo en inglés, a lo mejor queda más claro –dijo Félix limpiándose las gafas con una esquina de la camisa.

—¡Ya vale! –gritó Pablo–. Así no llegaremos a ningún sitio. Intentaré decirlo yo a mi manera.

Pablo comenzó a explicarle a Clara cómo había descubierto unos extraños relámpagos verdes que salían del televisor cuando, por azar, se había colocado delante de sus ojos un trozo de negativo fotográfico procedente de la agencia de publicidad de su padre. Apenas duraba una milésima de segundo, pero provocaba una reacción muy extraña: se formaba una especie de nube de polvillo verde alrededor de las personas que estaban en ese momento frente al televisor.

—Eso es muy raro. ¿No será que lo habéis imaginado a fuerza de pensar en ello? Yo nunca he visto nada parecido –dijo Clara.

—Solo se ve a través de esas transparencias naranjas. Yo también lo he visto –afirmó Koldo–. Hemos construido unas gafas especiales con esos negativos, y con ellas se puede ver la luz verde. ¿Tienes aquí las gafas, Pablo?

Pablo le prestó el extraño antifaz a su hermana, y la invitó a que comparara a Félix con James. James no tenía nada alrededor, pero Félix, que había visto toda la serie de *Salvad la selva,* tenía una gran nube verde rodeándole.

—Parece como si en su cuerpo le hubiera crecido musgo o hierba. Me temo lo peor –dijo Clara.

—¿Qué quieres decir? –preguntó Félix un poco asustado.

—Es que no estoy muy segura.

—Dinos lo que estás pensando de todas formas –insistió Pablo.

—Radiactividad –dijo Clara muy seria.

—¡Lo que yo decía! –recordó James–. ¿Y eso es mortal?

—No te pases. Yo no me preocuparía demasiado. Puede que solo sea el calor del cuerpo de Félix, que emite una luz diferente a los demás. Pero por si acaso es algo contaminante, debería ir a la consulta de un médico, mejor si es radiólogo –intentó tranquilizar Clara.

Félix estaba pálido y a punto de echarse a llorar, así que Koldo se sentó junto a él y trató de calmarlo. Pablo siguió contándole a Clara que había ya miles de niños con esa luz verde alrededor. No era solo Félix, a Marina también le ocurría. Y a la mayoría de los niños del colegio.

—Y en mi colegio pasa lo mismo –apoyó James.

—Esto tenía que suceder algún día. Estoy harta de decir que la televisión es muy mala. Tendrían que prohibirla.

—Pero no es con todos los programas, Clara. Por ahora solo sucede con los dibujos de *Salvad la selva*. Cada vez que aparece la serpiente eléctrica, el rayo con el que ataca a sus enemigos sale fuera de la pantalla y atraviesa a todos los que estén mirando, ¡fzzzz! –gesticuló James haciendo como si los pinchara con un dedo.

—¡No tiene gracia! –se quejó Félix, que se había tomado la cosa como una agresión personal.

Siguieron discutiendo el tema, tratando de comprender el significado, la utilidad o el peligro del supuesto halo verde. Clara preguntó si habían observado algún tipo de comportamiento diferente, o si hacían algo especial los que habían sido expuestos durante más tiempo a la radiación de la serpiente eléctrica.

—Pues sí... No sé qué significado tendrá, pero los niños que juegan a imitar el movimiento de la serpiente están siempre muy serios. No se ríen ni parecen divertirse. Todos están muy concentrados en lo que hacen, pero desde fuera, cualquiera diría que se aburren como ostras –dijo Koldo.

—Y yo he visto otra cosa –siguió Pablo–. Aplastan hormigas y arrancan hojas de los árboles. También les ponen la zancadilla a los más pequeños.

—Eso lo hace todo el mundo. *Everybody!* –sentenció James.

—¡Qué va! –insistió Pablo–. En nuestro colegio se ha hablado mucho de la importancia de cuidar las plantas y los animales, y hasta ahora se respetaban las normas. Ellos lo hacen cuando no miran los profes.

Después de eso, todos comenzaron a hablar a un tiempo. Los ladridos de Sirio anunciaron que Fernando llegaba en ese momento a casa. Se encontró a los cuatro miembros del Club del Camaleón, además de a Clara, enzarzados en una guerra verbal de toma pan y moja.

—¡Alto el fuego! –gritó–. No sé qué estáis discutiendo, pero esa no es la manera de hacerlo.

—Tiene razón –dijo Clara–. Tenemos que hablar sin alterarnos o no conseguiremos nada.

—¿Entonces podemos contar contigo? –preguntó Pablo.

—Claro que sí. Pero hay que actuar con mucho cuidado. A partir de ahora debemos andar con los ojos bien abiertos. Además, sé de alguien que quizá pueda echarnos una mano –dijo enigmáticamente.

Los adultos no se enteran

LOS días siguientes fueron de una intensa actividad para los miembros del Club del Camaleón. Hicieron turnos frente al televisor con las gafas especiales puestas para ver de cuántos programas surgía el relámpago verde. Los resultados de la investigación fueron terminantes: únicamente en la serie *Salvad la selva* se producía la emisión de aquellos rayos.

En el colegio, por otra parte, las cosas iban de mal en peor. La mancha verde alrededor de los que veían los dibujos animados era cada vez mayor. Ni siquiera habían conseguido que Félix dejara de verlos.

—Vosotros estáis tontos. En mi clase todos hacen la colección de cromos, y papá me ha dado permiso para verlo. Si queréis, me borráis del Club, no me importa, tengo muchos amigos –dijo, y dándose la vuelta echó a correr.

Koldo y Pablo fueron a hablar con la profesora de ética, la señorita Julia, pero pronto vieron que por ese camino también tenían la batalla perdida:

—Antes que nada, quiero que me contéis el motivo por el que lleváis desde hace días ese ridículo antifaz puesto sobre la cara. No estamos en carnavales, y podéis estropearos la vista con esas tonterías –les dijo la profesora antes de que abrieran la boca.

Los dos compañeros intentaron explicarle el problema de radiaciones de la serie de Teleficción, pero la señorita Julia no estaba dispuesta a escucharlos. Pablo observó que también ella tenía una intensa capa de luz verde alrededor.

—Mirad, chicos, tenéis mucha imaginación, y eso está muy bien –dijo la profesora haciendo exagerados gestos con las manos–. Vosotros sabéis que yo estoy en contra de ver tanta televisión, pero precisamente *Salvad la selva* es uno de los programas que vamos a recomendar a todos los alumnos del centro. Es la primera serie, en muchos años, que fomenta los valores humanos, la solidaridad, la justicia y el respeto a los demás. Más vale que reconsideréis vuestra actitud, o tendré que hablar con vuestros padres. Podéis marcharos.

Las cosas no estaban saliendo nada bien. Sentados en una esquina del patio veían cómo los alumnos del colegio Garcilaso de la Vega iban cayendo en una trampa desconocida sin que nadie hiciera nada por evitarlo.

—Ya te lo decía yo –dijo Pablo.

—¿Ya me decías qué? –preguntó Koldo.

—¡Que era muy gorda! –respondió Pablo sin poder contener la risa.

En los quioscos se agotaban los álbumes de cromos, los videojuegos, las camisetas, los muñecos de plástico y hasta una revista dedicada únicamente al programa del sapo sabio y la serpiente eléctrica. Aquello no había quien lo parara. Incluso los profesores y los padres recomendaban ver la serie por ser muy educativa.

—¡Eh, chicos! ¿Puedo hablar un momento con vosotros? –les dijo Lourdes a la salida del colegio–. El domingo es mi cumpleaños, y voy a organizar una fiesta en mi casa. ¿Podéis venir? Es a partir de las seis.

—No sé. El domingo pensábamos reunirnos en el Club del Camaleón –dijo Pablo dudando.

—Venga, hombre, que no vais a estar allí todo el día. Podéis decirles a James y a Félix que vengan. Maribel también estará, Pablo –dijo Lourdes mirándole con una sonrisa cómplice.

Pablo se puso colorado hasta las orejas. Koldo le dio un empujón y contestó por los dos:

—Cuenta con nosotros. Tomatito no creo que vaya, porque está muy raro últimamente, pero yo me encargaré de sus sándwiches, no te preocupes.

—Yo no pienso ir. Estoy harto de que me toméis el pelo con el rollo de Maribel. Además, tengo mucho que estudiar –Pablo se dio la vuelta y comenzó a andar a grandes pasos.

—Déjame hablar con él –dijo Lourdes haciéndole un gesto a Koldo para que no la siguiera.

Lourdes echó una pequeña carrera hasta alcanzar a Pablo. Eran vecinos, así que tendría tiempo hasta llegar a casa para convencerle.

—Mira, Pablo. No te lo tomes así. Lo que te pasa es muy normal. Nadie quiere reírse de ti.

—A mí no me pasa nada.

—Venga, que a mí no me engañas. Las chicas nos damos cuenta de todo. Lo sabemos antes incluso que vosotros mismos.

—Pues mira que sois listas. Te digo que no me pasa nada. Solo quiero que me dejéis en paz –insistía Pablo.

—Te diré un secreto, pero no se lo digas a nadie. Maribel está por ti, y ha sido ella la que me ha pedido que te invite –dijo Lourdes confidencialmente.

Aquello fue demasiado para Pablo. Simulaba no escuchar, pero bajando la cuesta hacia su casa sentía el corazón golpeándole violentamente, como si un animal enjaulado estuviera tratando de abrirse paso desde dentro. Los colores de la calle parecían diferentes esa tarde, recién pintados. A grandes oleadas, le daban ganas de llorar y reír a un tiempo. Siguieron sin hablar hasta llegar a casa.

—El domingo a las seis. No te olvides –le recordó Lourdes al despedirse.

—De acuerdo –dijo Pablo con un nudo en la garganta.

Una pesadilla de Marina

PABLO se encerró en su cuarto con Sirio. Trató de leer un libro que tenía a medias, pero no pudo concentrarse. Después de tres o cuatro páginas se dio cuenta de que no se había enterado de nada. Sirio estaba echado en el suelo, junto a la cama, y parecía casi dormido. Solo levantaba las orejas y ahogaba un ladrido cada vez que oía un ruido procedente del jardín, donde Marina y la ardilla jugaban al corre-que-te-pillo.

La mesa de estudio, frente a la ventana, estaba salpicada de multitud de diminutas transparencias de colores, y Pablo decidió terminar el calidoscopio que desde hacía unos días construía para Marina. Recordó que ese había sido el origen del descubrimiento del rayo verde, aquel día que llevó unos cuantos recortes de colores al salón para observarlos con distintas fuentes de luz. Se aplicó concienzudamente a la tarea de seleccionar, recortar y entremezclar diferentes trozos de plástico multicolor que acabarían reposando en el fondo del calidoscopio. Forró el tubo con un recorte de papel charol color amarillo, tal y como quería Marina, y dio por terminado el trabajo antes de bajar a cenar.

La noche corría una cortina negra detrás de la ventana, y Pablo no lograba deshacer el nudo que se había formado en su garganta desde que Lourdes le hablara de Maribel. En algún sitio que no recordaba había leído algo sobre la sensación de tener mariposas revoloteando en el estómago, y hasta ese momento no había comprendido el significado exacto de la frase.

—Mañana voy al hospital con Marina –dijo Clara durante la cena.

—¿Qué le pasa? –preguntó sorprendido Fernando.

—No es nada. Bueno, no sé. Tose mucho últimamente, y además le toca ya la revisión con el doctor Jara.

—¿Me van a poner inyecciones y me va a doler? –preguntó Marina.

—No, solo te harán una radiografía y te mirarán la garganta –la tranquilizó Clara.

—Yo voy con vosotras –dijo Pablo.

—No es necesario. Es una consulta normal y corriente –dijo Clara.

—Yo quiero ir con Pablo. Si no, gritaré y lloraré –dijo Marina haciendo un puchero.

Fernando aceptó que Pablo acompañara a Clara y Marina al hospital, pero no sin antes asegurarse de que no perdería ninguna clase del colegio. Marina se acostó recién terminada la cena. Clara la ayudó a meterse en la cama y quiso apagar la luz, pero Marina le pidió que no lo hiciera porque tenía miedo.

—Le diré a Pablo que venga, que él se sabe el cuento del gigante quita-miedos –dijo Clara.

A pesar del sueño, los ojos de Marina estaban abiertos como los de un muñeco. Por alguna razón se resistía a dormir, y cada vez que el cansancio le cerraba los ojos, volvía a abrirlos rápidamente con un sobresalto.

—¿Qué te pasa, pequeñaja? ¿Qué es eso de que tienes miedo? –le preguntó Pablo.

—No me quiero dormir.

—¿Por qué no quieres dormir? Dormir es muy bueno para descansar, y ponerse fuerte, y crecer mucho y hacerse grande –dijo Pablo.

—Es que me dan miedo los sueños. A lo mejor no me despierto y me quedo ya para siempre viviendo con los monstruos.

—Pero si los sueños son de mentira, tonta. Aunque tengas un sueño malo, luego te despiertas y ya se termina. Siempre es igual.

—Claro. Pero ¿qué pasa si me duermo y sueño que me duermo y entonces sueño otra vez? Entonces, si me despierto, sigo dormida, porque todavía estoy en el primer sueño. No podría despertarme nunca, y sería como si estuviera muerta –intentó explicar Marina tosiendo de vez en cuando.

—No te entiendo. A ver, cuéntamelo otra vez.

—Sí, mira. Yo ahora estoy despierta, pero voy y me duermo, ¿no? Y entonces tengo un sueño que es como de verdad. Y en ese sueño, que es un poco raro porque hay bichos y monstruos y también hay cosas normales, pues voy y me meto en una cama, y cierro los ojos y me duermo otra vez, ¿entiendes? O sea, que me duermo dos veces, y vuelvo a soñar en el segundo sueño con más monstruos y así; y no me puedo despertar porque entonces vuelvo al primer sueño en el que también hay bichos que me persiguen y entonces me muero, porque a lo mejor me voy muchos sueños hacia adentro y no sé volver, y me tengo que quedar a vivir con todos los monstruos y no quiero. Por eso tengo miedo –dijo Marina temblando un poquito.

Pablo se quedó un instante pensando en la pesadilla de Marina. «Pues sí que tienes sueños raros», iba a decirle, pero se le ocurrió una idea mejor.

—Espérame un momento, que ahora vengo. Pero no te duermas, ¿eh?

Fue a su cuarto y cogió el calidoscopio recién terminado que estaba encima de la mesa. Volvió al cuarto de Marina y se lo dio diciéndole:

—Este tubo es un calidoscopio mágico que te va a ayudar en el sueño. Tienes que dormirte con él en la mano. Sujétalo bien fuerte para que no se pierda. Cuando veas un bicho, lo miras a través del calidoscopio, y como es de mentira porque está en un sueño, se destruirá convirtiéndose en miles de papelitos de colores. Así no tendrás monstruos en los sueños, sino solo cosas divertidas.

Atrapada por el hechizo de sus colores, Marina miraba a través del calidoscopio amarillo en todas direcciones.

—¿Y mañana me lo dejarás otra vez? –preguntó Marina.

—Es tuyo. Para ti para siempre –dijo Pablo dándole un beso de buenas noches.

—Pero no me apagues la luz todavía, ¿vale?

—No apago, pero ahora sí tienes que dormirte.

Protegida por la almohada y con el puño cerrado alrededor del calidoscopio, Marina cerró los ojos y se dejó vencer por el sueño con una sonrisa dibujada en los labios.

14

El hospital infantil

ANTES de salir de casa, Pablo comprobó que Marina seguía profundamente dormida con el calidoscopio amarillo asido con sus dos manos. La última hora de clase, por la mañana, era de biblioteca, así que pudo pedir permiso para ir al hospital con sus hermanas. Al salir del colegio ya estaban Clara y Marina esperándole en el coche. Koldo miraba con envidia desde la ventana de la biblioteca. Eso de marcharse del cole antes de tiempo era demasiado bueno como para que le sucediera a él. Desenfundó un bocadillo de salami y decidió vengarse de la injusticia dándole trabajo a su dentadura.

—¿Qué tal has dormido esta noche, enana? ¿Has tenido sueños de monstruos? –preguntó Pablo.

Marina, sentada muy derecha en el asiento trasero, había aceptado ir al hospital si le dejaban llevar consigo sus dos armas más poderosas: la vaca de peluche y el calidoscopio amarillo.

—No sé. Ya no me acuerdo, pero creo que no había bichos. Era de muchos colores –respondió Marina.

La consulta del doctor Jara estaba llena. La mayoría de los pacientes eran niños acompañados por sus madres. Un extraño movimiento de vaivén les envolvía a todos. Mientras esperaban turno, Pablo les fue observando uno a uno mientras intentaba recordar dónde había visto un grupo parecido, hasta que cayó en la cuenta:

—¡El rayo verde! –dijo sin poder ocultar su sorpresa.

—¿Qué dices? –Clara le miraba muy extrañada.

No contestó. Sacó del bolsillo de su cazadora las gafas especiales y observó la escena. ¡Era increíble! ¡Nunca había visto tanta cantidad de luz verde alrededor de nadie! El movimiento que le había llamado la atención era el de la serpiente eléctrica. El mismo que había visto hacer a Félix con el brazo y a los otros niños y niñas en el patio de la escuela. Los que estaban esperando la consulta, sin embargo, no movían solo el brazo. Hacían el movimiento con todo el cuerpo, lentamente, como si en su interior existieran olas y mareas que los agitasen. Le pasó las gafas a Clara para que comprobase por ella misma los efectos del relámpago verde sobre los pacientes del doctor Jara.

—¿Por qué hay tantos niños hoy en su consulta, doctor? ¿Es que ocurre algo? –le preguntó Clara al médico cuando les llegó su turno.

El doctor Jara era muy alto, de unos sesenta años y con los dedos largos y huesudos. Tenía un bigote fino con las puntas estiradas hacia arriba, y usaba gafas de montura redonda, muy antiguas. Parecía un escritor del siglo XIX recién salido de una enciclopedia.

—Es una extraña epidemia. Aún no sabemos de qué se trata, pero creemos que está relacionada con la meningitis. Llevamos ya una semana con el servicio de urgencias y todas las consultas desbordadas. No parece contagioso, pero la verdad es que de momento no podemos asegurar nada.

Clara y Pablo intentaron, sin ningún éxito, explicarle al médico la radiación producida por la serpiente eléctrica y su posible relación con el supuesto brote de meningitis. No hubo manera.

—Bastantes problemas tengo yo para empezar a creer en enemigos de la televisión –decía el médico estirándose el bigote–. Con lo que respecta a Marina, es conveniente ceñirse a la enfermedad que ya conocemos: la bronquitis crónica.

El doctor Jara ordenó que se realizaran algunas radiografías y análisis a Marina. Pablo estaba convencido de que las placas revelarían, sin duda alguna, la cantidad de brillo verde que había recibido su hermana hasta ese momento, pero no fue así. Los rayos X, utilizados para estudiar el interior del cuerpo humano, no podían detectar esa nueva epidemia radiactiva.

Mientras le hacían distintas pruebas a Marina, Pablo decidió dar una vuelta por los pasillos e investigar qué sucedía. Se asomó a la zona de urgencias, donde la actividad era mayor. No cabía ni un enfermo más, tal y como les había dicho el doctor.

Niños y niñas de todas las edades se alineaban en interminables filas de camillas. Había pacientes hasta en los pasillos, y bajo las sábanas se agitaban todos con las mismas convulsiones. Se puso el antifaz naranja y fue como si cientos de bombillas verdes se iluminaran de pronto ante sus ojos: todos y cada uno de los enfermos habían sido atacados ferozmente por el brillo intermitente de la serpiente eléctrica. Ahora vivían una especie de pesadilla que se parecía más a un mal sueño que a la realidad. Guardó las gafas y regresó junto a su hermana.

—Tienes muy mala cara. ¿Te ha sucedido algo? –le preguntó Clara al verle entrar en la sala de espera.

—Estoy mareado. Este sitio me pone enfermo.

—Sal a la calle y espéranos junto a la entrada, anda. Ya tienen que estar terminando. Y recuérdame luego que tengo que hablar contigo de algo importante.

Sentado en las escaleras de la entrada principal, Pablo pensaba en Maribel y miraba la ciudad como si aquella fuera la primera vez. Todo parecía normal: las bocinas de los coches, la gente paseando tranquilamente, las tiendas, los semáforos… Solo alguien que estuviera atento se habría dado cuenta de una inusual afluencia de ambulancias silenciosas en dirección al hospital. Pero hasta eso podría ser normal. Pablo sabía, de todos modos, que un gran peligro estaba amenazando la tranquilidad aparente de toda esa gente. Y de muchos otros que vivían en ciudades y pueblos distantes, a los que también llegaba la serie *Salvad la selva*. Un peligro desconocido y misterioso, pero no por ello menos terrible.

15

Acorralando a la serpiente

DE vuelta a casa, con Marina medio dormida en el asiento trasero del coche, abrazada a su vaca morada, Pablo le preguntó a Clara:

—¿Qué ha dicho el médico? ¿Cómo está Marina?

—Hasta dentro de una semana no estarán los análisis, así que tendremos que esperar –dijo Clara.

—¿Y qué era eso tan importante que tenías que decirme?

—¡Ah, sí! Es sobre el rayo verde. Edu ha estado investigando con un equipo de vídeo profesional que le han prestado, y parece que ha descubierto algo increíble.

—¿Y qué ha descubierto?, dilo de una vez.

—Es que no lo sé –siguió Clara–. Me llamó esta mañana por teléfono para decirme que era muy importante, y que esta tarde vendría para enseñárnoslo. Estaba muy nervioso.

Mirando a través de la ventanilla del coche, cerca ya de casa, Pablo vio a Maribel con el uniforme granate del colegio y dos barras de pan bajo el brazo. Estaba muy guapa. Sin poderlo evitar, se puso tan colorado como si se hubiese tragado una guindilla. Miró a Clara y a Marina de reojo, sabiendo que si notaban algo estarían tomándole el pelo día y noche, pero afortunadamente no se habían dado cuenta de nada.

Antes de comer llamó a James por teléfono. Sirio le tiraba del pantalón con los dientes, que era su forma de decir que necesitaba salir un poco a la calle.

—*Hello, I'm James.* ¿Quién es?

—Tu abuela, majadero –dijo Pablo–. Tenemos una reunión urgente esta tarde. Quedamos a las cinco en mi casa. ¿De acuerdo?

—Vale, vale. A las cinco en tu casa. Pero ¿por qué es tan urgente? –preguntó James.

—No te lo puedo decir todavía. Llama tú a Koldo, que yo tengo que sacar a Sirio ahora mismo o se meará en la alfombra.

—Tranqui, tronco, que yo me ocupo de Bolón.

Sirio siguió a Pablo a la carrera hasta la cumbre de la colina. En cada árbol olfateaba el rastro de otros perros y dejaba un pequeño charco, marcando su territorio. Cuando descubría el olor de un nuevo intruso en la urbanización, ladraba al vacío, lanzaba tierra con las patas traseras y echaba otra carrera mascando el aire.

El novio de Clara, Eduardo, llegó a las cinco y media. Traía una inmensa bolsa llena de chismes y herramientas. Nadie entendía cómo había podido llevar él solo tantas cosas en la moto. Fumaba como una chimenea, echando el humo por la nariz y sin quitarse apenas el cigarrillo de los labios. Situó una mesita junto al televisor y se puso de inmediato a conectar cables, clavijas y aparatos eléctricos. Nadie comprendía nada.

—¿Quieres que te ayudemos? –preguntó Koldo con un destornillador en una mano y dos galletas en la otra.

—No, no. No hace falta. Termino enseguida. Pero dame las galletas.

Eduardo apagó el cigarrillo y se tragó las dos galletas de un solo bocado.

—Te va a sentar mal. La comida hay que masticarla bien para que el estómago pueda digerirla –le advirtió Clara maternalmente.

—Está bien. Luego las mastico –contestó Eduardo sin pensarlo, concentrado en su trabajo.

James, Koldo y Pablo se echaron a reír. Marina no se había enterado del absurdo, pero también estalló en risas al ver que todos se reían. A Clara, en cambio, no le hizo ninguna gracia.

—¿Qué pasa? ¿He dicho algo raro? –Eduardo levantó la cabeza entre los aparatos.

—Nada. Lo más normal del mundo.

Al poco tiempo ya estaba todo el equipo montado. Eduardo se estiró como un oso y comenzó a explicarles lo que había hecho.

—Muy bien, chicos. Esto que veis aquí es un magnetoscopio profesional –dijo señalando un aparato de boca grande–. Es como un vídeo casero, pero con mucha más definición. Los programas originales de la tele se graban con un equipo parecido, aparte de la cámara, claro. Le he adaptado un amplificador y un selector de señales –ahora mostraba otros dispositivos más pequeños–, de forma que pueda grabar los programas que salen por antena. Por último, esto que veis aquí, lleno de botones, es una mesa de edición, y sirve para el montaje, sonido, mezclas, efectos especiales y cosas por el estilo. Ahora está todo conectado al televisor.

Aquello sonaba muy bien, pero de momento no se enteraban de mucho, y no estaba nada claro adónde quería llegar Eduardo con ese montaje.

—En esta cinta de vídeo, que, como veis, es bastante más grande que las normales –siguió Eduardo–, he grabado uno de los programas de *Salvad la selva*, y luego me he pasado tres días estudiando detenidamente lo que ocurre en los dibujos. Ahora veréis lo que he descubierto.

Introdujo la cinta de vídeo por la boca grande del magnetoscopio y sacó una plancha de plástico naranja semitransparente del interior de su bolsa.

—Este es un filtro que elimina las radiaciones del rayo verde, y que al mismo tiempo nos ayudará a verlo con más facilidad –explicó poniendo la lámina de plástico ante el televisor, de modo que cubriera toda la pantalla.

Encendió la televisión y el resto de los aparatos, y puso en marcha el magnetoscopio. Fue acelerando y retrocediendo en busca de una imagen precisa. Finalmente encontró a la serpiente eléctrica librando una dura batalla contra un buitre de aspecto siniestro. Detuvo la imagen justo antes de que la serpiente lanzara una descarga contra su enemigo. Las imágenes tenían los colores cambiados por efecto del filtro, pero por lo demás todo parecía normal.

—Fijaos bien ahora en lo que vais a ver –dijo Eduardo poniendo la velocidad de reproducción más baja que permitía el magnetoscopio.

Empezaron a ver a la serpiente eléctrica moverse por la pantalla con mucha lentitud. Las imágenes se sucedían casi fotograma a fotograma, y entre uno y otro apenas había una pequeña variación, o un mínimo desplazamiento con respecto al anterior. Estuvieron bastante tiempo observando las imágenes, con la serpiente a punto de lanzar uno de sus ataques. Koldo fue el primero en darse cuenta de unas extrañas manchas que salían de vez en cuando en el televisor.

—Me ha parecido ver una especie de círculos verdes que salen en distintos lugares de la pantalla.

—Yo también los he visto. *That's true!* Salen de cuando en cuando, como si se estuvieran moviendo así, primero a la derecha y luego a la izquierda –confirmó James.

—Buena vista, chicos. Sin el filtro que le he puesto al televisor, no son visibles; pero efectivamente salen cada cinco o seis fotogramas, en sentido horizontal, simulando un movimiento que aún no he logrado comprender –dijo Eduardo expulsando un anillo de humo con su cigarrillo.

Siguieron con la vista fija en la pantalla. Los dos animales estaban en el punto máximo de la batalla. De pronto, la serpiente eléctrica descargó un relámpago contra el buitre aniquilándolo. Todo sucedió en breves momentos, pero incluso Marina pudo ver los círculos, esta vez más rápidos e intensos, moviéndose, ida y vuelta, a lo largo del rayo que ocupaba la pantalla. Era como una serie de bombillas explosionando sucesivamente debido a una sobrecarga de luz. La habitación entera se llenó de un brillo verde que lo inundaba todo.

—¡Ya sé lo que es! –exclamó Clara–. Es como el movimiento de los péndulos. Lo hemos estudiado el mes pasado en psicología.

—¿Y qué tienen que ver los movimientos de los péndulos con la psicología? El péndulo tiene que ver con la física, no con las neuronas o el psicoanálisis –dijo Eduardo.

—Pero es que los péndulos se utilizan para experimentos relacionados con la hipnosis, listo. Es uno de los misterios de la mente, pero se sabe que con un movimiento pendular constante, un hipnotizador experto puede hacer que una persona entre en trance y se quede profundamente dormida –explicó Clara.

—Creo que ya voy empezando a comprender –dijo Pablo muy pensativo.

16

Una amenaza diabólica

—BUENO, pues eso no es todo. Ahora escuchad atentamente la banda sonora –dijo Eduardo manipulando los aparatos.

Rebobinó un poco la cinta y puso de nuevo en marcha el magnetoscopio, a velocidad normal. Quitó la señal de vídeo, para no distraerse, y dejó la de audio. Ya no tenían imagen, solo sonido. Conectó unos cuantos filtros de sonido, anuló una de las dos bandas del estéreo, y aumentó el volumen considerablemente.

—¡Bájalo un poco, Edu, que no somos sordos! –gritó Clara.

—¡No puede ser! ¡Si lo pongo más bajo, no podréis oír la voz de fondo!

Escucharon con atención, tratando de captar algo que Eduardo aseguraba haber oído. Bajo la música estridente y los ruidos de la pelea entre el buitre y la serpiente eléctrica, una voz monótona parecía estar rezando una especie de letanía, pero no llegaron a entenderla. Eduardo paró la grabación y les preguntó:

—¿Qué habéis cogido? Me refiero a esa voz que sonaba de fondo.

—Yo he oído algo así como «canto parezca nunca dos serpientes, darás dormido para verte» –dijo Koldo–, pero no estoy muy seguro. No tiene mucho sentido, ¿verdad?

—No, pero es lo mismo que he entendido yo. La verdad es que no se oye muy bien, pero tiene que ser otra cosa –contestó Eduardo.

—¿Puedes ponerlo otra vez, desde el principio de la pelea? –pidió Pablo–. Lo tengo en la punta de la lengua.

Eduardo rebobinó la cinta y volvió a ponerla en marcha. Se concentraron todos otra vez en la voz grave que se oía de fondo, pero volvió a sonar igual.

—¡Ya lo tengo! ¡Para la cinta! –gritó Pablo.

Eduardo detuvo la grabación y se giraron todos hacia Pablo, esperando la respuesta a lo que estaban buscando. Tuvieron que mandar callar a Sirio, que no dejaba de ladrar ante la excitación de todos los que estaban en la casa.

—«Cuando aparezcan juntas dos serpientes, quedarás dormido para siempre». Eso es lo que repite constantemente la voz de fondo –dijo Pablo con una sonrisa triunfal.

—No entiendo nada –dijo James rascándose la cabeza.

—¡Está muy claro! –explicó Pablo–. Se trata de hipnotizar con los movimientos de los círculos verdes y la voz de la grabación.

—¡Eso es! –siguió Clara–. El movimiento pendular acompañado por un mensaje repetido cada cierto tiempo produce la hipnosis. Lo que no entiendo es lo de «dos serpientes». Aquí solo existe una serpiente. Y si la hipnosis funciona, deberían estar ya dormidos todos los que ven la serie.

—Tal vez no haya sucedido todavía –apuntó Koldo.

—¿Que no haya sucedido qué? –preguntó Eduardo.

—Pues lo de que aparezcan juntas dos serpientes.

—O sea, que a lo mejor no ha sucedido aún, pero puede suceder en el futuro. Y en ese momento quedarán todos hipnotizados –dijo Eduardo muy preocupado.

Se quedaron todos callados, pensando en la extraña posibilidad de que eso ocurriera. Si el mensaje hacía efecto, cuando aparecieran dos serpientes iguales, casi todos los niños entrarían en una especie de sueño profundo del que no podrían despertar.

Pablo estaba muy excitado, y empezó a revolver revistas por todo el salón. Sirio le seguía por todas

partes, moviendo el rabo, creyendo que su amo estaba buscando la correa para salir a la calle. Por fin encontró lo que buscaba.

—Escuchad. En esta revista tengo la programación de televisión de toda la semana. Cada capítulo de *Salvad la selva* tiene un título, y precisamente el de mañana se llama *La serpiente y el espejo*. ¿Qué os parece?

—A mí me parece bien. Es un título divertido, pero no sé qué quieres decir —James volvió a rascarse la cabeza.

—¡Está muy claro! –exclamó Koldo–. Si la serpiente eléctrica se encuentra con un espejo, se verá reflejada en él, y en ese momento habrá dos serpientes juntas.

—Luego mañana es el día clave. El día en el que todo este lío llega a su final –Clara estaba pensando en voz alta–. Durante todos los capítulos anteriores han estado hipnotizando poco a poco a los espectadores para dejarles dormidos en el último programa.

—Millones de niños y niñas, y muchos adultos también, van a entrar en coma. Se quedarán dormidos para siempre, en un sueño sin final –dijo Eduardo con voz grave.

Un silencio denso, repleto de malos augurios y desconcierto, se apoderó de ellos. Habían descubierto el misterio del rayo verde, pero quizá ya era demasiado tarde. Si iban a la policía o a los periódicos a denunciar el caso, tardarían varios días en convencerles del peligro y en conseguir una orden de cierre de las emisiones. Quedaban menos de veinticuatro horas para el desenlace, y no podían hacer nada por evitarlo.

—Es como mi sueño en el que no me despertaba, pero yo no tengo miedo porque tengo el tubo mágico –dijo Marina mostrando su calidoscopio.

—¿De qué está hablando Marina? –preguntó Clara muy extrañada.

Pablo les contó la pesadilla de Marina, en la que soñaba con monstruos, y en la que se volvía a dormir otra vez y no podía despertarse porque caía en nuevos sueños cada vez más profundos. Si se despertaba, salía al primer sueño, y entonces seguía dormida.

—Le regalé el calidoscopio para que, mirando a través de él, destruyera los monstruos de los sueños. Parece que ha funcionado –terminó Pablo.

—Pues como no le pongamos un calidoscopio gigante a la emisora de televisión, no sé cómo lo vamos a hacer –dijo Koldo en plan exagerado.

—Tú alucinas, Bolón. *Are you crazy?*

—Ten cuidado, Inglés, que te doy un guantazo y te vuelvo del revés.

17

Aunando fuerzas

LA situación se estaba empezando a poner caliente, así que decidieron darse una hora de descanso para ver si a alguien se le ocurría alguna idea que se pudiera poner en práctica para detener la amenaza de la serpiente eléctrica. Koldo y James dijeron que iban a buscar refuerzos, sin dar más explicaciones. Pablo aprovechó para sacar al perro a dar un paseo. Le dolía un poco la cabeza con tantas imágenes de dibujos animados dándole vueltas alrededor. Subió por la pequeña carretera que acababa en la cumbre de la colina, entre un olor dulzón a ozono y tierra mojada que inundaba el aire. Sirio ladraba a todos los gatos, lagartijas y remolinos de viento que se cruzaban por su camino.

Sentado a lomos de una gran piedra, Pablo miraba de nuevo la ciudad que tenía a sus pies, como una alfombra multicolor recorrida por miles de luciérnagas inquietas. Cerró los ojos durante unos instantes

para escuchar el silencio del atardecer, y una lluvia de meteoritos cruzó por su cabeza, mientras una enorme serpiente voladora se transformaba en dragón y se iba tragando las calles y las casas. «Tal vez mañana todo estará muerto, igual que una ciudad sumergida», pensó con amargura. Sintió un pequeño escalofrío, como si una culebra le subiera desde los tobillos, por el interior de la pierna, hasta alojarse en su estómago. La presencia de Sirio a su lado, eterno centinela, le tranquilizó un poco.

—A lo mejor solo quedáis despiertos los bichos como tú, chucho feo. ¿Quién sabe cómo acabará esto?

—¡Guau, guau! –respondió Sirio ladeando la cabeza.

De regreso a casa, pateando con furia todas las piedras del camino, se encontró con una verdadera sorpresa: los refuerzos que habían ido a buscar Koldo y James eran las Mandarinas de la China. Lourdes, Aurora y Maribel estaban sentadas en el sofá, y Eduardo les ponía al corriente del peligro y de los últimos descubrimientos. Pablo, sentado muy tieso en su silla, miraba a escondidas a Maribel, y le pareció que ella también le miraba de reojo y se ponía colorada.

—Esa es la situación. Ahora que estamos todos, es el momento de tomar una decisión. ¿Quién tiene una idea? –preguntó Clara.

—Por ahora, al único al que se le ha ocurrido algo es a Koldo, que proponía construir un calidoscopio gigante y enfundar con él la torre de la emisora de televisión –dijo Eduardo con sorna.

—Lo decía de broma, oye. No seas pesado.

—No te ofendas, chico –intervino Clara–. Edu es un poco bruto. A lo que se refiere es a que hay que decir todo lo que se nos ocurra, por absurdo que parezca. A veces, de una idea tonta surge otra que es muy buena.

—Podríamos disfrazarnos, entrar en los estudios de televisión y parar las emisiones –dijo Aurora.

—O poner una bomba en la central eléctrica y dejar la ciudad a oscuras. Así nadie podría encender la tele –dijo James haciendo como si lanzara una granada de mano.

—Se trata de dar soluciones a un problema, no de ir a la guerra. Vamos a ver si nos centramos un poco –Clara estaba empezando a ponerse nerviosa.

Volvieron a quedarse todos en silencio, buscando la manera de evitar el desastre. Incluso Sirio parecía concentrado. Marina, que ya estaba un poco cansada, salió al jardín en busca de Ana.

—Yo tengo un equipo de radioaficionado –dijo Maribel débilmente.

—Y yo, una bicicleta de montaña y una escopeta de perdigones, ¡no te fastidia! –protestó Koldo.

—No seas animal, Bolón, que eso no tiene nada que ver –dijo Pablo tratando de defender a Maribel.

—¿Y el equipo de radioaficionado sí, listo? –preguntó Koldo poniendo una voz muy cursi.

—El equipo… de radio… ¡Ya lo tengo! Pablo, dale un beso a Maribel de mi parte, porque ella ha encontrado la solución –Eduardo no podía contener la excitación.

Maribel y Pablo, simultáneamente, se pusieron rojos como amapolas. No hubo tiempo para echarse a reír ni de tomarles el pelo, porque Eduardo seguía hablando como una locomotora.

—Usaremos la emisora de Maribel. Hay que conectar la chicharra más fuerte que podamos encontrar. Apuntaremos a la torre central de Teleficción. Tenemos que conseguir un amplificador de señales. A todo volumen. ¿Tiene mucha potencia tu equipo, Maribel? –Eduardo estaba desatado.

—No sé. Creo que sí. A veces he logrado hablar con radioaficionados de Venezuela. ¿Es suficiente?

—Esperemos que sí. ¿Tienes también una antena parabólica en tu casa?

—Sí, pero es de la televisión, no de la emisora de radioaficionado –dijo Maribel.

—No importa. La conectaremos a tu equipo. Cruzaremos los dedos y les lanzaremos un bombazo –Eduardo no paraba.

—Pero ¿no habíamos dicho que nada de violencia? –intervino Aurora.

—Nada de violencia. Un bombazo… Vamos a ver si me entendéis: no se trata de una bomba de verdad, sino de una emisión de ondas de radio con el equipo de Maribel. Tenemos que interceptar el programa, y que salga todo con rayas por los televisores, como si estuviera codificado –explicó Eduardo.

Todos respiraron tranquilos. No parecía una cosa sencilla, pero era lo mejor que se les había ocurrido. Tal vez funcionara si cruzaban los dedos, como decía Eduardo. En cualquier caso, tenían que intentarlo por todos los medios. Quedaron para reunirse al día siguiente, en casa de Maribel, a partir de las nueve de la mañana. Los dibujos empezaban a las cinco de la tarde, pero tenían muchísimo trabajo por hacer.

—Tendréis que faltar al colegio. Esto es una emergencia. Si os dan permiso, bien; pero si no, que cada uno se escape como pueda. Las explicaciones a vuestros padres vendrán después. No podemos perder ni un minuto, y necesito que todos echéis una mano, porque es muy complicado –dijo Eduardo.

—¿Y si hay alguien en casa de Maribel? –preguntó Lourdes.

—No habrá nadie. Mis padres se van a las ocho de la mañana y no vuelven hasta las seis –dijo Maribel.

—Llevaos bocadillos sin que nadie se entere –recomendó Clara poniéndose el dedo en la boca.

—Y los *walkie-talkies* también. Los vamos a necesitar –terminó Eduardo.

El destello final

A partir de las nueve fueron llegando uno a uno los miembros del Club del Camaleón, las Mandarinas de la China, Clara, Marina y Sirio a casa de Maribel. Félix también estaba, arrastrado por su hermano Koldo, que no quería arriesgarse a que se fuera de la lengua y descubriera todo el plan a los mayores.

—Vaya, vaya. *Hello!* Mira quién está por aquí. Si es nuestro amigo Tomatito –saludó James.

—Os la vais a cargar. Cuando se enteren los mayores os la vais a cargar –decía Félix moviendo la cabeza.

—Alegra esa cara, chaval, que no pasa nada. Si sigues gruñendo así, no llegarás a viejo –Lourdes le revolvió el pelo al pasar junto a él.

Félix se sentó en un sillón, sacó una maquinita de videojuegos y se concentró en una batalla de marcianos. Durante un tiempo estuvo tan absorto en su lucha estelar que fue como si se lo hubiera tragado la tierra. Eduardo fue el último en llegar, con un montón de bolsas que introdujo en la casa con ayuda de todos.

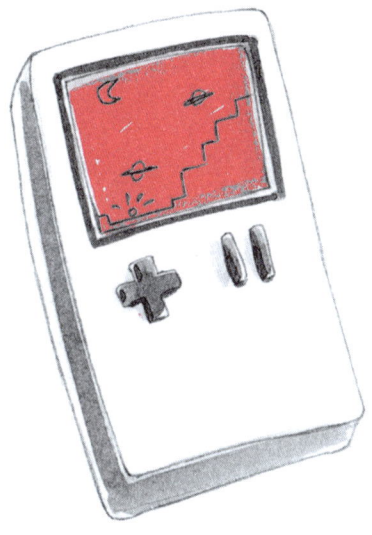

—¿Cómo has podido llevar tantas cosas en la moto? –se extrañó Clara.

—¡Qué va! He tenido que venir en taxi. A ver si te crees que soy Arnold Schwarzenegger.

Cuando estuvo ya todo dispuesto en el salón, Eduardo desplegó un enorme plano de la ciudad. Una marca roja indicaba el lugar donde se situaba la casa de Maribel, y otra, los estudios de Teleficción. Una línea verde con anotaciones (3 760 metros, 16 grados Oeste) las unía.

—Esta es la distancia y la orientación. Tenemos que apuntar a la torre que se encuentra en este punto –dijo señalando el plano.

Empezó a repartir el trabajo. Se formaron tres equipos. Maribel y Lourdes, en el primer piso, se ocuparían de buscar la frecuencia de las emisiones de Teleficción con el equipo de radioaficionado. Tendrían que afinar al máximo para que todo funcionara. James, Pablo, Koldo y Clara, junto con Eduardo, subirían al tejado para orientar la antena larga y cruzarla con la parabólica. Era lo más duro. Llevaban cuerdas, cables, herramientas y una brújula. Aurora, Félix y Marina se quedarían en la planta baja, frente al televisor, para ir comprobando las interferencias que se produjeran.

—¿Y por qué los chicos suben al tejado y las Mandarinas no? Yo también quiero ayudar a mover las antenas –dijo Lourdes, a quien siempre le habían gustado las aventuras fuertes.

—Bueno, la verdad, no lo sé –dudaba Eduardo–. Yo lo decía porque es más peligroso, y como las chicas sois más…

No pudo terminar la frase, porque Clara y las Mandarinas de la China le miraban con cara de enfado total, y se dio cuenta de que estaba metiendo la pata.

—¡Atrévete a terminar, valiente! ¡Di que las chicas somos más flojuchas o algo parecido! –amenazó Lourdes sabiéndose apoyada por el resto de las chicas.

—No he dicho nada… Lo retiro.

—Pues entonces que Lourdes suba al tejado y Pablo se quede con Maribel localizando la emisora –dijo Clara para solucionar el problema–. ¿De acuerdo todos?

—Yo quiero estar con Pablo –dijo Marina.

—Muy bien. Marina nos ayudará a Maribel y a mí a buscar frecuencias –aceptó Pablo cogiendo a su hermana de la mano.

Reorganizada de nuevo la situación, los tres equipos empezaron a trabajar. Incluso Félix abandonó la maquinita de videojuegos para vigilar con Aurora las interferencias del televisor. Cada grupo tenía un *walkie-talkie* para poder comunicarse con los otros. Sirio vigilaba la puerta de la casa para que nadie les molestase.

En el tejado estaba la larga antena que les iba a servir de emisor. Afortunadamente, Eduardo sabía mucho de telecomunicaciones, y pudieron conectar también la parabólica para que les sirviera de amplificador de señales. Con ayuda de la brújula y del mapa orientaron las antenas hacia los estudios de Teleficción. Algunos vecinos pasaban cerca de la casa y se les quedaban mirando, pero la presencia de Sirio les hacía desistir de mayores investigaciones. Tardaron varias horas y acabaron sudando, pero al mediodía estaba ya casi terminado.

Maribel y Pablo, entretanto, buscaban la frecuencia en la que se emitía el programa *Salvad la selva*. Marina se sentó en las rodillas de su hermano. Siguiendo las instrucciones de Eduardo, acoplaron al equipo de Maribel algunos aparatos suplementarios: condensador, selector, amplificador de potencia, distorsionador de señales y una chicharra con un sonido de lo más estridente. Pablo estaba encantado de que le hubiera tocado trabajar con Maribel, y no estaba muy seguro de si Lourdes había querido subir al tejado solo para dejarles a ellos dos en el mismo cuarto. Se ponía un poco nervioso cada vez que Maribel le miraba sonriendo con sus grandes ojos verdeagrisados; y cuando le rozaba ligeramente al ir a pulsar algún botón del equipo, su corazón aceleraba el ritmo de las pulsaciones y una nueva afluencia de sangre le coloreaba el rostro.

Pararon para comer cuando ya tenían casi todo preparado. Intercambiaron bocadillos hasta que nadie supo a qué sabía lo que estaba comiendo, pero eso era lo que menos les importaba. Koldo y Aurora, que era tan tragona como él, se ocuparon de que no sobrara ni un pequeño mordisco.

—Lo que no entiendo todavía es para qué querrán dormir a todo el mundo, quienes quiera que sean los responsables de *Salvad la selva* –se preguntaba Clara.

—Yo creo que pronto lo sabremos. Tarde o temprano tendrán que descubrirse –opinaba Pablo–. Lo importante ahora es impedir que lo hagan.

Eran ya las tres de la tarde cuando continuaron con los preparativos. Tenían dos horas aún para comprobar si la señal que enviaban para interceptar a la serpiente eléctrica desde casa de Maribel sería suficiente o no. Hicieron las primeras pruebas, pero no consiguieron que la imagen desapareciera del televisor. Faltaba poco tiempo. Lo intentaron de nuevo aumentando poco a poco la intensidad hasta que las primeras rayas comenzaron a verse en la televisión; pero incluso con todo el equipo a la máxima potencia no lograban distorsionar la imagen lo suficiente como para que dejara de verse. No quedaba tiempo. Eran ya casi las cinco, la hora en que empezaba el programa, y no habían resuelto aún el problema.

—¿Y si aumentamos el voltaje, qué pasaría? –preguntó Maribel.

—¿Qué quieres decir? –dijo Eduardo.

—Sí. Es como cuando pones una bombilla de 110 voltios en una corriente de 220 voltios. Durante unos momentos brilla mucho más que cualquier bombilla. El equipo lanzaría también una señal más fuerte –dijo Maribel.

—Pero ¿qué es lo que pasa a continuación con la bombilla cuando haces eso? –preguntó Clara sabiendo la respuesta.

—Ya lo sé. Que se funde enseguida –dijo Maribel muy compungida–. Era una idea descabellada, pero es lo único que se me ha ocurrido.

No había solución. La serpiente eléctrica iba a ganar la batalla del sueño eterno. Estaban ya a punto de abandonar cuando Pablo preguntó:

—¿Y si aumentamos el voltaje, como dice Maribel, pero no tanto? Pongamos que lo pasamos de 220 voltios a… 240 voltios, por ejemplo.

—En ese caso, los transistores no se fundirían inmediatamente, pero al final terminarían quemándose –respondió Eduardo con voz cansada.

—Pero es que solo necesitamos veinte minutos, que es lo que duran los dibujos. Transcurrido ese tiempo empiezan otros programas diferentes, y el peligro habrá pasado –explicó Pablo.

—¡Tienes razón! No perdemos nada por intentarlo. Yo tengo un transformador que puede regularse a cualquier voltaje. Podemos ir aumentando hasta conseguir el objetivo, si no se queman los aparatos antes.

Eduardo se volvió hacia Maribel:

—A lo mejor fundimos tu equipo. ¿No te importa que lo probemos?

—Claro que no. Es mucho más importante salvar a las personas que a las máquinas. Si se estropea, mala suerte. Por lo menos lo habremos intentado –dijo Maribel.

Se pusieron todos a trabajar de nuevo. En cuanto empezó el programa *Salvad la selva* tuvieron el tiempo justo para encenderlo todo y lanzar señales de interferencias a la torre de Teleficción. Fueron aumentando poco a poco el voltaje. 230 voltios. Empezaron a aparecer algunas rayas en la televisión. 240 voltios. Siguieron aumentando. Clara y Lourdes bajaron al salón. 250 voltios. Todos los aparatos empezaron a recalentarse.

—¡Ya casi está, falta muy poco! –gritó Clara desde el salón.

La imagen del televisor aparecía con muchas rayas y el sonido llegaba defectuoso, pero aún no era suficiente. Aumentaron un poco más. 260 voltios. Los pilotos luminosos del equipo parecía que iban a estallar. Empezó a salir un hilo de humo del interior de los transmisores.

—¡Para! ¡Déjalo ahí quieto! ¡Ahora está funcionando! –volvió a gritar Clara desde el salón.

Eduardo, Koldo y James bajaron a trompicones por la escalera para comprobar las interferencias del televisor. Junto al equipo de radioaficionado quedaron solos Pablo, Maribel y Marina, que se levantaron de las sillas y veían los aparatos echando humo y a punto de explosionar.

—¡Sigue! ¡Vamos! ¡Aguanta un poco más! –las voces subían desde el salón.

En la pantalla no podían verse más que rayas confusas. El sonido era una chicharra penetrante. El equipo instalado tenía que aguantar así otros quince minutos, pero ya estaba a punto de fundirse. Pablo notó que Maribel temblaba junto a él y, sin saber muy bien por qué, la cogió de la mano. Los dedos de Maribel se entrelazaron con los suyos. La vio sonreír, y una dulcísima sensación le recorrió el cuerpo. Así pasaron los quince minutos más tensos y más felices de su vida.

—¡Se acabó, lo hemos conseguido! –oyó que gritaban desde la planta baja.

Pablo y Maribel se abrazaron. Ella estaba llorando.

—¿Y por qué lloras ahora?

—Porque estoy muy contenta, bobo –dijo Maribel dándole el primer beso de su vida.

Pablo volvió de la nube en la que estaba subido con cierta dificultad. Su hermana pequeña le miraba con ojos de asombro.

—Te ha dado un beso. ¿Es tu novia? –le preguntó Marina tratando de saber qué es lo que estaba ocurriendo.

—Eso espero –dijo Pablo intentando no tartamudear–. ¿No te gusta?

Maribel fue desenchufando todos los aparatos mientras escuchaba divertida la conversación.

—Huy, sí. Es muy guapa. Como tú –dijo Marina echando a correr escaleras abajo.

Maribel y Pablo, cogidos de la mano, bajaron también a reunirse con sus amigos. Y como estaban todos juntos y el cumpleaños de Lourdes aún no se había celebrado, decidieron adelantarlo a ese momento. Encargaron tres pizzas por teléfono, sacaron bebidas, patatas fritas, pusieron música a todo volumen y empezaron a bailar como locos. Las Mandarinas de la China cantaron todo su repertorio, y Marina estuvo dando saltos hasta que no pudo más.

Koldo, Lourdes y Clara escribieron una carta para la policía. En ella denunciaban el intento de hipnotización colectiva llevado a cabo por el programa *Salvad la selva,* de Teleficción. Por esta vez habían derrotado a la serpiente eléctrica, pero si no se tomaban medidas, era muy probable que volviera al ataque.

Los padres de Maribel no entendían muy bien al principio ese jaleo que estaba montado en su casa cuando Sirio, por fin, les permitió cruzar la puerta de entrada. Las antenas del tejado estaban torcidas; en el cuarto de Maribel, unos cuantos aparatos eléctricos echaban humo todavía, y un montón de gente se encontraba en el salón celebrando una especie de fiesta. ¡Si supieran la verdad, se caerían al suelo del susto!

Epílogo

LOS periódicos de los días siguientes se hicieron eco de una extraña carta recibida en todos los medios de comunicación:

Intento de secuestro colectivo

Un grupo autodenominado «Flautistas de Hamelin» solicita mil millones de pesetas, que deben ser depositados en una cuenta corriente secreta de Suiza, a cambio del rescate de miles de niños y niñas supuestamente dormidos en un sueño hipnótico. Los comunicantes afirman que, de no hacerse efectivo el pago, no darán las claves para despertarlos. Aún no se sabe si todo es una broma de mal gusto o una amenaza no cumplida, pero la policía ha empezado a hacer investigaciones y parece estar en buen camino. Según estas mismas fuentes policiales, les están sirviendo de gran ayuda las pistas ofrecidas por dos grupos de jóvenes que se ocultan bajo los curiosos nombres de «Club del Camaleón» y «Mandarinas de la China». No está confirmado si esto tiene algo que ver con el cierre preventivo de las instalaciones de Teleficción decretado por el Juzgado de Instrucción número 14, pero todos los indicios apuntan en esa dirección.

Fin

altamar

Taller de lectura

El Club del Camaleón

1. Los amigos

1.1. Hemos leído una historia en la que un grupo de chicos y chicas colaboran y se ayudan para descubrir a los perversos encantadores de niños. La verdadera protagonista de este libro es la amistad.

¿Recuerdas los nombres de nuestros personajes?

El Club del Camaleón:

....

....

....

....

Las Mandarinas de la China:

....

....

....

....

1.2. ¿Qué relación tienen con Pablo los siguientes personajes?

Marina ....

....

Clara ....

....

Fernando ....

....

Eduardo ....

....

Sirio ....

....

Ana ....

....

1.3. En el capítulo 1 del libro se hace una descripción del refugio donde tenía su sede el Club del Camaleón. Haz un dibujo del interior del autobús. ¡No te olvides de Anacleto!

1.4. Intenta hacer una caricatura (un dibujo gracioso) de los miembros de dicho Club. Para que te sea más fácil, te damos algunas pistas.

Koldo, alias «Bolón». Especialidad: galletas y bocadillos de salami.

Félix, alias «Tomatito». Especialidad: televisión y videojuegos.

James, alias «Inglés». Especialidad: monopatín.

Pablo, alias «Guerrero del Antifaz». Especialidad: Maribel.

2. Anacleto

2.1. Los cuatro amigos tenían como mascota un camaleón. ¿Por qué le pusieron de nombre Anacleto?

....

¿Cuál era la contraseña para poder entrar al Club?

....

2.2. Un camaleón es un bicho con características muy especiales. Vamos a ver si consigues ver dónde está camuflado. Para ello debes sombrear todos los números que acaben en 7 o sean múltiplos de 7.

¡Ánimo, no es difícil y queda un dibujo guay!

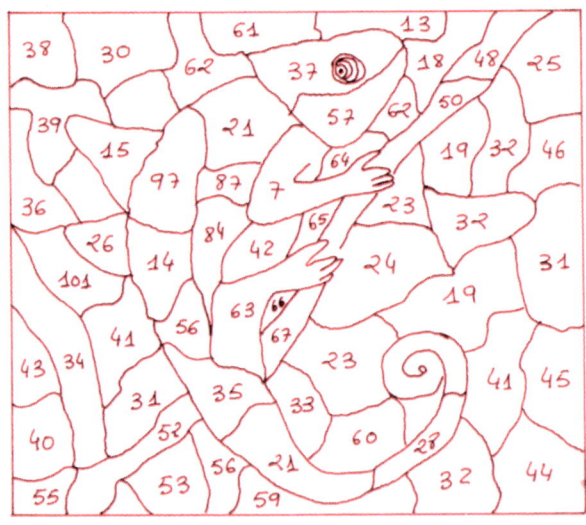

2.3. Y ahora, como este individuo es muy escurridizo y anda siempre en los árboles, vamos a «ficharle» para que no se nos escape. Busca en una enciclopedia la palabra *camaleón* y te sorprenderás de lo increíble que es nuestro amigo.

Ficha del camaleón

Especie: ....   Procedencia: ....

Longitud: ....   Piel: ....

Cola: ....   Lengua: ....

Patas: ....   Dedos: ....

Ojos: ....   Plato favorito: ....

Característica principal: ....

Movimientos: ....

Temperatura que le gusta: ....

Posibles trabajos: ....

Situaciones en las que tú quisieras ser un camaleón y pasar inadvertido:

....

....

Hechizo para convertirse en camaleón:

....

....

3. El argumento

Vamos a poner orden en los acontecimientos de esta historia. Para ello debes numerar del 1 al 8 los hechos tal y como sucedieron según su orden cronológico. ¡Utiliza la cabeza!

(1) Fernando regala a Pablo trozos de negativos de colores.

( ) Cientos de niños acuden al hospital con una enfermedad similar a la meningitis.

( ) La profesora castiga a Pablo por querer contar su descubrimiento a los compañeros.

( ) Pablo ve a través de sus negativos naranjas que Marina tiene una nube verde alrededor del cuerpo.

( ) Desde la casa de Maribel emiten ondas de radio para interceptar el programa.

(4) En el patio del colegio, los más pequeños bailan haciendo extraños movimientos ondulantes, abriendo la boca como los peces.

( ) ¡Lo consiguieron! La policía sigue la pista de una banda de secuestradores denominada «Flautistas de Hamelin».

( ) Los amigos descifran las palabras del encantamiento: «Cuando aparezcan juntas dos serpientes quedarás dormido para siempre».

4. ¡Qué bien se trabaja en equipo!

Nuestros amigos se organizaron bien y con la aportación de todos consiguieron salvar a muchos niños. Volvamos a casa de Maribel y busquemos dónde está cada uno y qué hace.

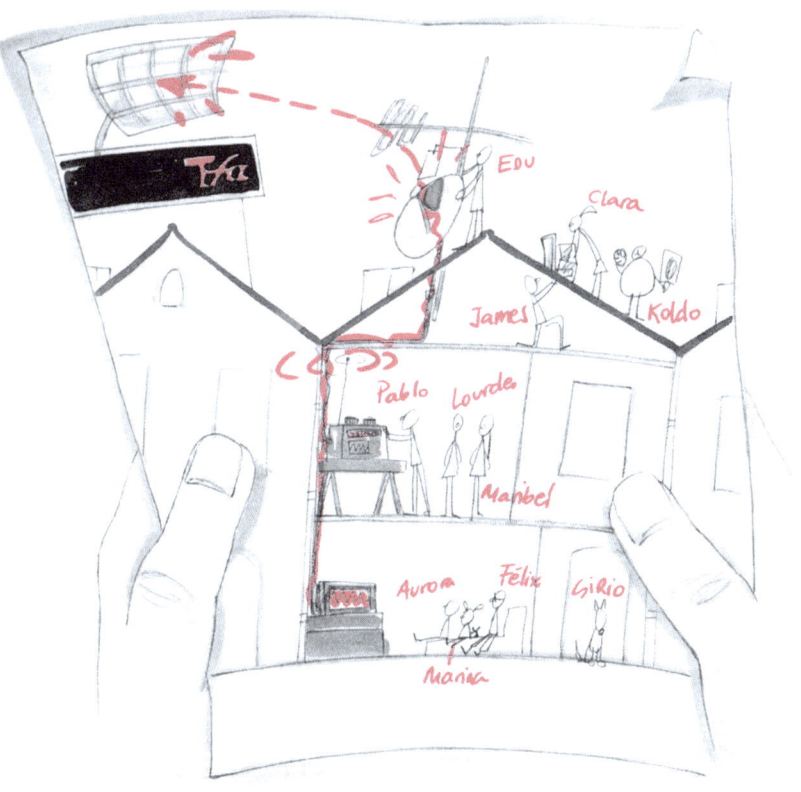

5. Vocabulario

Veamos qué hábil eres con los juegos de palabras.

5.1. En la siguiente sopa de letras aparecen los nombres de algunos elementos que Edu utilizó para crear las interferencias.

¡Ánimo…, quizá te hagas ingeniero de telecomunicaciones!

BRÚJULA	VATIO	CONDENSADOR
CABLES	CHICHARRA	AMPLIFICADOR
MAPA	RADIO	FRECUENCIA
ANTENA	VOLTIO	

```
A  R  R  A  H  C  I  H  C  E  P  A

L  C  O  N  D  E  N  S  A  D  O  R

O  F  R  E  C  U  E  N  C  I  A  O

T  I  O  T  O  L  F  A  O  R  P  I

A  S  D  N  B  R  U  J  U  L  A  T

R  O  D  A  C  I  F  I  L  P  M  A

E  P  C  I  R  O  I  T  L  O  V  V
```

5.2. Los miembros del Club del Camaleón se reúnen en un cementerio de automóviles, que es donde entierran los coches cuando mueren. Eso es una metáfora, porque los coches no tienen células que puedan morir. Pero siguiendo con esas mismas imágenes, también podemos decir que:

Una gasolinera es un restaurante de coches con distintos menús: súper, normal, sin plomo.

Una fábrica de automóviles es ....

....

....

Un circuito de carreras es ....

....

....

Un taller de reparación de coches es ....

....

....

Los coches de choque de las ferias son ....

....

....

5.3. Te merecerás buena nota en inglés si sabes traducir algunas de las expresiones que utiliza James:

- *Don't worry:* ....
- *Very dangerous:* ....
- *Are you crazy?:* ....
- *Listen to me:* ....
- *All right?:* ....

5.4. Comenta brevemente el significado de las siguientes expresiones:

«El día estaba un poco gruñón».

....

....

Revelar fotos era como «despertar un dibujo dormido que se va desperezando lentamente».

....

....

«Nos vamos al cine de las sábanas blancas».

....

....

«Ahí hay gato encerrado».

....

....

5.5. Ordena las palabras descolocadas y encontrarás algunos mensajes que ya conoces:

• juntas dormido Cuando para aparezcan serpientes quedarás siempre dos.

....
....
....

• como Pablo tan si colorado su cara las puso se campo del amapolas en hubieran florecido todas.

....
....
....

6. Mensajes

6.1. La historia que has leído tiene muchos mensajes que tú debes encontrar.

Uno de ellos puede ser que hay personas que manipulan la información para engañar a otros y conseguir algún beneficio, como los secuestradores de la televisión. ¿Crees que eso puede pasar algunas veces con la televisión, la radio o los periódicos? Si no conoces ningún caso, pregunta a tus padres y coméntalo después en clase.

6.2. El padre de Pablo decía que era mejor no poner la televisión, porque «si aprendemos a estar juntos y en silencio, llegaremos a conocernos mucho mejor».

¿Qué crees que significa esto?

....
....
....
....

¿Y tú qué opinas?

....
....
....
....

6.3. Además hay muchas alternativas para no pasar horas delante del televisor. Pablo y sus amigos lo sabían y tenían *hobbies* muy interesantes: revelar fotos, correr con el monopatín, escuchar música, los juegos de mesa. ¿Cuáles son los tuyos?

....
....
....
....
....
....
....

6.4. Fernando también era inventor de cosas prácticas. En el capítulo 3 se describe un invento suyo; dinos cuál es y explica en qué consiste.

....
....
....
....
....
....
....

7. Las chicas son guerreras

En el capítulo titulado así descubrimos que a Pablo se le cae la baba por Maribel y a veces lo pasa francamente mal. Veamos con el siguiente test:

¿Qué haces tú cuando de pronto te encuentras con la chica o el chico de quien te has enamorado?

    a) Te pones del color de los tomates. ☐

    b) Le saludas amablemente. ☐

    a) Echas a correr tropezándote y chocando con las farolas. ☐

    b) Le invitas a ir al cine. ☐

    a) Se te caen las gafas y necesitas ir corriendo al baño. ☐

    b) Te da una taquicardia, pero consigues preguntarle por sus notas. ☐

    a) Intentas meter canasta de tres puntos y en vez de eso le das al profe de gimnasia en la cabeza y te castigan sin recreo. ☐

    b) Le preguntas si quiere echar un partido de baloncesto. ☐

Si hay más respuestas **b)**, te aseguramos que serás la persona más solicitada del cole.

Pero si hay más respuestas **a)**, huirán de ti como si tuvieras el sarampión.

8. ¿Eres ecologista?

Clara, la hermana mayor de Pablo, es ecologista. A continuación te mostramos el Código del Ecologista. Marca con una cruz las cosas que tú haces habitualmente y, en cuanto a las otras, ya sabes: el planeta es de todos.

- [ ] 1. No utilizo el coche si no es indispensable.
- [ ] 2. Camino, voy en bicicleta o utilizo el transporte público.
- [ ] 3. Reciclo los papeles, cartones y vidrios.
- [ ] 4. Cuido los animales y las plantas.
- [ ] 5. No dejo basura en el campo, la montaña o la playa.
- [ ] 6. Apago las luces y cierro los grifos.
- [ ] 7. No compro productos demasiado empaquetados.
- [ ] 8. No uso sprays con CFC.
- [ ] 9. Me gustaría participar en una campaña destinada a detener la contaminación, o a salvar un territorio para la flora o la fauna.

Si has marcado las nueve normas del ecologista, ¡enhorabuena!, porque como tú ya somos muchos.

Índice

El autor:
Enrique Páez Mañá   5
Dedicatoria *Para ti…*   7

El Club del Camaleón
 1. Un Club para cuatro   9
 2. Las chicas son guerreras   20
 3. Una tarde con fotos   25
 4. El Dragón Inmóvil   33
 5. Un encuentro con Maribel   37
 6. El calidoscopio y el rayo   43
 7. En el patio   51
 8. Reunión en el Club   56
 9. Observando   64
 10. Un planeta muy extraño   70
 11. Buscando aliados   75
 12. Los adultos no se enteran   83
 13. Una pesadilla de Marina   89
 14. El hospital infantil   94
 15. Acorralando a la serpiente   101
 16. Una amenaza diabólica   108
 17. Aunando fuerzas   114
 18. El destello final   120
Epílogo   134

Taller de lectura   137

Series de la colección

Aventuras

Ciencia Ficción

Cuentos

Humor

Misterio

Novela Histórica

Novela Realista

Poesía

Teatro

Títulos publicados

A partir de 12 años

2. Montserrat del AMO. **El abrazo del Nilo** (Aventuras)
3. Fernando ALMENA. **Los pieles rojas no quieren hacer el indio** (Teatro)
4. Ángela C. IONESCU. **«Déjame solo, Joe»** (Cuentos)
9. Juana Aurora MAYORAL. **La cueva de la Luna** (Ciencia Ficción)
10. Sauro MARIANELLI. **Una historia en la Historia** (Novela Histórica)
11. Pilar MOLINA LLORENTE. **Aura gris** (Novela Histórica)
13. Samuel BOLÍN. **Los casos del comisario Antonino** (Misterio)
15. Elvira MENÉNDEZ. **La máquina maravillosa** (Ciencia Ficción)
20. Gloria FUERTES. **La poesía no es un cuento** (Poesía)
21. Juana Aurora MAYORAL. **Enigma en el Curi-Cancha** (Novela Histórica)
22. Alan C. McLEAN. **El fantasma del valle** (Aventuras)
25. Jacques FUTRELLE. **La Máquina Pensante** (Misterio)
26. José Luis VELASCO. **El Océano Galáctico** (Ciencia Ficción)
38. Ángela C. IONESCU. **El país de las cosas perdidas** (Cuentos)
39. Concha LÓPEZ NARVÁEZ. **El tiempo y la promesa** (Novela Histórica)
43. Fernando ALMENA. **El cisne negro** (Teatro)
45. Alfredo GÓMEZ CERDÁ. **El laberinto de piedra** (Aventuras)
47. G. BEYERLEIN y H. LORENZ. **El sol no se detiene** (Novela Histórica)
49. Montserrat del AMO. **¡Siempre toca!** (Teatro)
51. Enrique PÁEZ. **Devuélveme el anillo, pelo cepillo** (Misterio)

55. Raúl JIMÉNEZ. **Aldurabahim** (Aventuras)
57. Samuel BOLÍN. **Nuevos casos del comisario Antonino** (Misterio)
63. Francisco DÍAZ GUERRA. **El alfabeto de las 221 puertas** (Aventuras)
69. Fernando ALMENA. **El misterio indescifrable** (Ciencia Ficción)
70. M.ª Dolors ALIBÉS. **Superfantasmas en un supermercado** (Humor)
75. Juana Aurora MAYORAL. **Tres monedas de un penique** (Misterio)
79. Enrique PÁEZ. **El Club del Camaleón** (Misterio)
80. Joan Manuel GISBERT. **El enigma de la muchacha dormida** (Aventuras)
84. Concha LÓPEZ NARVÁEZ. **La tejedora de la muerte** (Misterio)
87. José María MENDIOLA. **El castillo de Lora** (Misterio)
96. Nina WARNER. **La luna en el agua** (Aventuras)
100. Montserrat del AMO. **El bambú resiste la riada** (Novela Realista)
109. José Luis OLAIZOLA. **El cazador urbano** (Novela Realista)
114. Alice VIEIRA. **Portal 12, 2.° centro** (Novela Realista)
117. José Antonio PEROZO. **Cuentos mágicos** (Cuentos)
120. Trini LEÓN. **Un amigo por un par de tomates** (Novela Realista)
126. Kenneth IRELAND. **La máscara del hombre-lobo** (Misterio)
133. Sheila OCH. **La verdadera vida** (Novela Realista)
137. Pilar LÓPEZ BERNUÉS. **El secreto del caserón abandonado** (Misterio)
142. Jill RUBALCABA. **Un lugar en el sol** (Novela Histórica)
145. M.ª Carmen de la BANDERA. **El héroe y la traición** (Novela Histórica)
153. Chelo MORALES. **Barasingha** (Aventuras)
157. Pilar LÓPEZ BERNUÉS. **El misterio de los cachorros desaparecidos** (Misterio)
161. Christine NÖSTLINGER. **Amigas para siempre** (Aventuras)
170. Jo PESTUM. **Trece minutos después de medianoche** (Misterio)